从心所欲不逾矩

许渊冲

2021年4月 (100岁)

许渊冲汉译经典全集

莎士比亚

*The Merchant of Venice*

# 威尼斯商人

许渊冲 译

商务印书馆
The Commercial Press

## 图书在版编目（CIP）数据

威尼斯商人 /（英）威廉·莎士比亚著；许渊冲译. —北京：商务印书馆，2021（2021.7 重印）
（许渊冲汉译经典全集）
ISBN 978-7-100-19406-8

Ⅰ.①威… Ⅱ.①威… ②许… Ⅲ.①喜剧—剧本—英国—中世纪 Ⅳ.① I561.33

中国版本图书馆 CIP 数据核字（2021）第 022292 号

**权利保留，侵权必究。**

许渊冲汉译经典全集
### 威尼斯商人
〔英〕威廉·莎士比亚 著
许渊冲 译

商 务 印 书 馆 出 版
（北京王府井大街 36 号 邮政编码 100710）
商 务 印 书 馆 发 行
南京爱德印刷有限公司印刷
ISBN 978 - 7 - 100 - 19406 - 8

2021 年 3 月第 1 版　　开本 765×965　1/32
2021 年 7 月第 2 次印刷　　印张 4¾

定价：68.00 元

# 目 录

第一幕 …………………………………… 1

第二幕 …………………………………… 26

第三幕 …………………………………… 65

第四幕 …………………………………… 98

第五幕 …………………………………… 121

**译后记** …………………………………… 136

## 剧中人物

威尼斯公爵

摩洛哥王子　玻西娅的求婚人

阿拉贡王子　同上

安东奥　威尼斯商人

巴萨奥　安东奥的朋友，玻西娅的求婚人

索拉辽　安东奥和巴萨奥的朋友

萨勒奥　同上

葛夏诺　同上

洛朗佐　同上；洁西珈的恋人

夏洛克　威尼斯的犹太富商

杜巴尔　犹太人，夏洛克的朋友

朗斯洛·戈波　（小尖头驼子）小丑，夏洛克的仆人，后为巴萨奥的仆人

老戈波　（老驼子）朗斯洛的父亲

莱拉多　巴萨奥的仆人

波尔萨　玻西娅的仆人

斯特诺　同上

玻西娅　富家女

妮莉莎　玻西娅的女伴

洁西珈　夏洛克的女儿

威尼斯的要人、官员、狱监、仆人、侍从等。

## 地　点

分别在威尼斯和贝蒙特玻西娅家。

# 第 一 幕

## 第一场

## 威尼斯街上

（安东奥、萨勒奥及索拉辽上。）

安东奥　老实说，我也不知道为什么这样忧心忡忡。我的心事这样沉重，甚至压到你们的心上。但我是怎样犯上这毛病的，怎么一沾上身就摆脱不掉，这到底是什么名堂，是从哪里来的，我自己也搞不清楚。这样没头没脑的烦闷，使我自己也不认得自己了。

萨勒奥　你的心就像海上扬帆远航的大船，居高临下望着抛在后面的小船，它们摇旗呐喊，向你欢呼致敬，你却不屑一顾，乘风破浪，扬长而去了。

索拉辽　相信我,老兄,要是我像你这样财运亨通,我的心多半也会随着我的希望漂洋过海了。我也会拨开草来观察风向,在地图上寻找港湾码头,凡是会使我的买卖遭到风险的,当然也会使我胆战心惊。

萨勒奥　只要我一想到海上的狂风暴雨会造成多大的灾难,哪怕吃粥时一口气要吹凉我的粥,这口气也会吹得我胆战心惊。我一看见滴沙计时的玻璃瓶,就会想到海上的沙滩,仿佛看到我满载货物的安德鲁号货船埋在沙里,它的桅杆还不如船篷高,似乎在和埋葬它的沙滩亲吻;只要我去教堂,看到高耸入云的石楼灯塔,就会立刻想到巍然耸立的岩礁,但它一碰上我那雍容华贵的商船一侧,就会使我满船贵重的香料都像落花一般落入海洋深处,让汹涌的浪涛也披上无价之宝的丝绸。总而言之,我的货物现在还是价值万金,转眼却会化为乌有,一想到这里,叫我怎能不担惊受怕?难道还用得着你告诉我:安东奥一想到他的货船,会怎样心惊肉跳吗?

安东奥　不，相信我，一只船翻不了我的天。谢天谢地，一个地方也不会造成我太大的损失，即使整整一年的赚钱折本，也不会影响我的大局。我哪里会在乎一只商船呢？

索拉辽　那么，难道你是坠入爱河了？

安东奥　那算什么？

索拉辽　既不是在爱河里呛了水，这就难了。那我只好说：你烦恼是因为你不快活，就像你说说笑笑、蹦蹦跳跳、快快活活，是因为你不烦恼一样。现在，我用两面派雅努神的名义起誓，上天造人正是千奇百怪：有人老是眯着眼睛笑，就像对牛弹琴的人一样；有人却是愁眉苦脸，牙缝里也蹦不出一丝笑容，尽管说笑大师赌咒发誓说的笑话会使石头开花，对他却毫无作用。

（巴萨奥、洛朗佐、葛夏诺上。）

你高贵的亲人巴萨奥来了，还有葛夏诺和洛朗佐。那我们就再见吧，你可以和知心人开怀畅谈了。

萨勒奥　我本来打算让你开开心，现在有更称心的好伴陪着你，就用不着我操心了。

安东奥　有你做伴是很难得的，我看恐怕是你有不可推卸的事要办，就趁机脱身了吧？

萨勒奥　再见吧，我的好朋友。

巴萨奥　两位好朋友，什么时候我们再来一起说笑呢？可不要生分了呀，千万不要见外。

萨勒奥　即使是忙里偷闲，我们也不肯错过机会的。

（萨勒奥和索拉辽下。）

洛朗佐　巴萨奥先生，既然你找到了安东奥，我们两个也就可以走了。不过，请你不要忘记：我们晚餐时还要再见面的。

巴萨奥　那怎么会忘记呢？

葛夏诺　安东奥老兄，你看起来脸色不太好，不要把世界上的事看得太重了，否则就会得不偿失的。相信我说的话，你看起来似乎变成另外一个人了。

安东奥　我把世界只当作一个世界——一个舞台，每个人都要演一个角色，而我要演的却是一出悲剧。

葛夏诺　那就让我来演小丑吧，让老年的皱纹随着快活的笑声来到我的脸上，让美酒来温暖我的肠胃，而不要让折磨人的痛苦呻吟来纠缠半死不活的心灵。为什么要让一个内心热血沸腾的人像他老祖宗墓前的石像一样漠然不动呢？分明睁开眼睛醒着，却要闭上眼皮装睡，为什么要钻进闹别扭的牛角尖，气得脸红脖子粗呢？我来告诉你吧，安东奥——我和你要好，是我的好感在对你说话。有一种人脸上涂脂抹粉，仿佛经过风雨，见过世面，风吹他不动，雨打他不倒，要人一见他就拜倒在地，认为他聪明绝顶，老成稳重，思想深刻，做事周到；他一张口仿佛要说：我说的话都是天意，我一张嘴，狗不敢叫。啊，安东奥，我知道这些自作聪明的人其实什么也没有说；如果要说，我敢肯定他们的话也会使听众变成傻瓜的。等一会儿再和你谈这些。但是不要上当受骗，让人沽名钓誉。走吧，洛朗佐，等我们吃晚餐再来结束这场高谈阔论吧。

洛朗佐　那好，我们等到吃晚餐再见。我恐怕不得不做一个聪明的哑巴了,葛夏诺哪里肯让我张嘴呀。

葛夏诺 你只要再和我在一起待两年,恐怕不但不会说话,也许连你自己的声音都听不出来了。

安东奥 再见吧,在你这张机器嘴巴的教导之下,我不会说话也学会说了。

葛夏诺 你过奖了。其实只有干巴巴的牛舌头或者嫁不出去的老姑娘才是无话可说的。

(葛夏诺同洛朗佐下。)

安东奥 他说的话有什么意思吗?

巴萨奥 葛夏诺说空话的本领,恐怕威尼斯也找不到第二个。他说的话就像一堆稻草里的两粒麦子。你要花一天的时间去找,找到了却发现不值得花那么大的工夫。

安东奥 那好,你对我说过,不管多么困难,你都赌咒发誓要去看望一位千金小姐。现在可以告诉我是哪一位吗?

巴萨奥 安东奥,你知道我不会量入为出,大手大脚,把我不算太富足的财产花费得入不敷出,但是我又丢不下现在的排场。目前最关心的是不失体面地摆脱巨大的债务，所以我不得不花费大量的时间去应付。而对你，安东奥，我欠的债务最多，无论是金钱还是情分，有你的好意支持，我才能减轻负担，实现计划，达到目的，还清我的债务。

安东奥　好个巴萨奥，你一向说什么是什么。请你告诉我，只要不是违反荣誉的事，我的财力、我的人力，都会对你全部开放，尽其所能供你使用，难道不是这样吗？

巴萨奥　我在学校里射箭的时候，有时不知道箭射到哪里去了，我就用同样的箭，朝同样的方向再射一次，这样冒着失掉两支箭的危险，往往可以找回两支。我提起这件往事，是想表达我的真心实意。我欠了你这么多钱，虽然一个任性的年轻人往往得到的越多，失掉的更多，不过，如果你还愿意助我一臂之力，朝着第一次射箭的方向再射一次，我相信，我会看准方向，去把两支箭都找回来的，至少也不会再把第二支箭丢掉。而对你射出去的第一箭，我是永远感激不尽的。

安东奥　你是知道我的，用不着转弯抹角来打动我的心意。说实话，如果你现在怕我不肯尽力帮忙，那你就误解了我，这比花光了我的钱还更对不起人。所以，凡是你认为我力所能及的事，只要你告诉我，我一定尽快促其实现，你就说吧。

巴萨奥　贝蒙特有一个富家女，长得很美，不单是美，而且人好得不得了。她不用说话，只要看你一眼，你就可以看出她的好意。她的名字是玻西娅，和卡托的女儿、布鲁达的妻子同名，实际上也可以和她比美。她的名声远扬，甚至天涯海角，也有人不远千里，闻风而来向她求婚。她一头金光闪闪的秀发，看起来就像神话中的金羊毛一样光辉灿烂，使她的贝蒙特成了奇珍异宝的故乡，多少寻找金羊毛的英雄人物闻风而来，要一睹芳采。啊，我的好安东奥，如果我有办法和追求她的人物竞争一下，我感到我的有利条件恐怕不会让我失掉这个好运道。

安东奥　你知道我的财富都在海上；我身上既没有现

金，手头也没有货物，换不到一笔巨款。所以，让我们来想想办法，看看我在威尼斯的信誉能起到多大的作用。我要想方设法，尽力而为，为你筹到你所需要的款子，好让你去贝蒙特会见你意中的美人。我们马上就去筹款，好满足你的需要，只要是借得到钱的地方，我都会尽力而为，这不只是为了你，也是为了我自己啊。

（两人同下。）

# 第 一 幕

## 第二场

### 贝蒙特。玻西娅家。

（玻西娅同女伴妮莉莎上。）

玻西娅　说实话，妮莉莎，我这个微不足道的女子，该如何应付这个五花八门的大世界呢？

妮莉莎　我的好小姐，如果你的困难和你的财产一样多，那的确是不容易对付的。但是，在我看来，吃得太多和饿得太久一样，都是会生病的，所以太多或太少都不是好事，最好是不多不少。太多了会穷奢极欲，使人头发早早变白，如果适可而止，那倒会延年益寿的。

玻西娅　这话有理，说得不错。

妮莉莎　如果能够做到，那就更好了。

玻西娅　要是说到就能做到，说什么和做什么一样容易，那小小的礼拜堂也会变成高大的教堂，穷人的茅屋也会变成王爷的宫殿了。一个传道说教的人要是说到就能做到，那可并不容易。我可以告诉二十个人怎样做才对，但是要我做这二十个人里面的一个，要照着我自己说的话去做，那却要难多了。冷静的头脑会为血气方刚的人制定法律，但一等到火气冲上心头，就会冲破冷静理智的限制。年轻的狂热会像兔子一下跳过笨手笨脚的人苦心布置的陷阱。但是这个大道理并不是选择丈夫的好办法。啊，天呀，"选择"这个词有什么意思！我既不能想要谁就选谁，又不能拒绝我不喜欢的人，这就是已经不在人世的父亲给还在世上活着的女儿留下的遗嘱。妮莉莎，你看，我既不能选择，又不能拒绝，这不是难上加难吗？

妮莉莎　你的父亲是一个有圣德的人，他临终之前会有灵感。因此，他留下了三个盒子来挑选他中意的女婿：一个金盒，一个银盒，一个铅盒，谁选到了他中意的盒子，就是他中意的女婿，也就成了你的意中人。那么，在这些来向你求婚的王孙公子当中，你会把你脉脉的温情给哪一个呢？

玻西娅　请你说说是哪些公子。你提到一个，我就来评头论脚，而从我的话里，你可以看出我对他的感情。

妮莉莎　头一个我要问的是：你对拿坡里王子的看法。

玻西娅　嘀，这是一个不懂事的小伙子。他只会谈他的好马，仿佛马好就是人好，把马蹄铁擦得亮晶晶的，就可以给他增光添彩。我怕他的母亲大人是不是喜欢上了一个铁匠呢。

妮莉莎　那位拥有王室封地的伯爵呢？

玻西娅　他一天到晚愁眉苦脸的，仿佛要说：你若是看不上我，那就另请高明吧。他听了笑话也不笑。我怕他这样年纪轻轻就见忧不见喜，等到老了，不更是一个悲观绝望的哲学家吗？和这种人结婚，哪有一点生活的乐趣？简直是生不如死。老天保佑，不要让我嫁两个这样的丈夫。

妮莉莎　那你看那位法国公子乐朋怎么样？

玻西娅　既然他是父母生的，那也算个人吧。说老实话，我明知不该低估别人，但是他——他的马比拿坡里王子的更好，脸却比王室伯爵的还更苦。别人的缺点他都有，自己的优点他却全无。他听见画眉鸟唱歌就跳舞，会和自己的影子比武，和他结婚，那要等我嫁了二十个丈夫之后；如果他瞧不上我，那真是谢天谢地；假如他爱我爱得颠三倒四，那我也不会感恩图报的。

妮莉莎　那么，对那位英国的鹰桥男爵，你说什么呢？

玻西娅　你知道对那位男爵，我什么也没说。因为我说什么，他都不懂，他说什么，我也不明白。他不懂拉丁文、法文，也听不懂意大利话；我呢，你可以到法院去查证，我懂得的英文一钱不值。他的外表倒是可以入画，但是，唉！我怎能学哑巴打手势和他说话呢？他的装束也与众不同：紧身上衣是在意大利买的，灯笼裤是法国货，便帽却是德国货，他的一举一动更是来自四面八方。

妮莉莎　你看那位他邻国的苏格兰公子怎么样？

玻西娅　我看他倒很懂得远交近攻的睦邻之道。他因为挨了英国人一个耳光，就发誓说：一有机会，他一定要如数奉还。我看那位法国公子就是他的证人，结果却也挨了一个耳光。

妮莉莎　你喜欢那个年轻的德国人，撒克逊公爵的侄子吗？

玻西娅　他早上还没有喝酒的时候，已经叫人讨厌了；到下午一喝了酒，那简直讨厌得不得了。他脾气最好的时候，也比平常人要坏一点；他脾气坏的时候，那就简直比禽兽好不了多少啰。万一这最坏的情况要落到我身上，我也只好想方设法，找一条脱身之计了。

妮莉莎　万一他要挑选盒子，偏偏碰巧又选对了，如果你不接受他，那不是要违背你父亲的遗愿吗？

玻西娅　为了应付最坏的情况，我请你斟满一杯莱茵

　　　　白酒，放在他可能选错的盒子上。那么，即使盒子里面藏的是魔鬼，只要外面有一杯诱人的美酒，我看他就会选上那个盒子。我有什么不肯干的呢，妮莉莎？只不过是不嫁给一个像海绵吸水般喝酒的醉汉罢了。

妮莉莎　那你可以放心了，小姐，你不会嫁给这些求婚的公子哥儿们的。因为他们对我说了：他们不打算遵从你父亲的遗愿，用选盒子的办法来选一个新娘。如果没有别的办法求婚，他们就要打道回国去了。

玻西娅　即使我能长生不老，我也宁愿像月中女神一样清净一生，终身不嫁，要不然，就按照我父亲的遗命择偶。我很高兴，这些求婚的公子哥儿们都懂道理，其实，他们中间没有一个是我愿意挽留的求婚人，祝他们一路顺风回国吧。

妮莉莎　你记得吗？小姐，你父亲生前来过一个既斯文又不软弱的威尼斯人，是陪着蒙费拉侯爵来的？

玻西娅　你是说巴萨奥吧？我记得他的名字。

妮莉莎　对了，小姐。我虽然见识不广，但是在我看来，他倒是个配得上佳人的男子。

玻西娅　我记得他。我看，你没有看错人。

（仆人上。）

怎么啦？有什么事情？

仆　人　那四位求婚的贵人来向小姐告辞了。但是第五位求婚的贵客又派来了报信人，说他的主人摩洛哥王子今晚就到。

玻西娅　如果我对第五位贵客的欢迎能像对前四位贵客的欢送一样兴高采烈，那可是再好也没有了。假如他的内心像圣徒而外表像魔鬼，那我就宁愿听他传道说教，也不愿和他白头到老。走吧，妮莉莎。（对仆人）你先走。正是：

旧人吃了闭门羹。

又有新人到门前。

（同下。）

# 第 一 幕

## 第三场

## 威尼斯广场

（巴萨奥同犹太人夏洛克上。）

夏洛克　三千金币——好。

巴萨奥　对，借三个月。

夏洛克　借三个月——好。

巴萨奥　我已经说了：安东奥作保人。

夏洛克　安东奥作保人——好。

巴萨奥　能帮个忙吗？你乐意吗？能告诉我吗？

夏洛克　三千金币，借三个月，安东奥作保人。

巴萨奥　你答应吗？

夏洛克　安东奥是靠得住的。

巴萨奥　有人说他靠不住吗？

夏洛克　那，没有，没有。我说他靠得住，就是说他还得起债。不过，他还债的本钱还是靠不住的。他有一艘货船去特波里，一艘去东印度，我在威尼斯市场上听说：他第三艘船去了墨西哥，第四艘去了英格兰，他满不在乎地做他的海外买卖。但大船是木头做的，水手也是人呀，而岸上有人抢劫，水上也有——我说的是海盗；再说海上还有风险，惊涛骇浪，触礁沉船。不过，这个人倒是靠得住的。三千金币，我看可以接受他的保单。

巴萨奥　当然可以，你放心吧。

夏洛克　我要保险不出事才能放心，而要放心还得考虑考虑。我能和安东奥谈谈吗？

巴萨奥　你愿意和我们一同用餐，边吃边谈吗？

夏洛克　那不是要去吃你们的猪肉，闻你们先知诅咒的猪臭吗？我可以和你们做买卖，谈天说地，但不能和你们同吃同喝，同做祷告。市场上有什么消息？你看那是谁来了？

（安东奥上。）

巴萨奥　来的正是安东奥先生。

夏洛克　（旁白）他看起来多么像一个讨好卖乖的收税人！我讨厌他，因为他是个基督徒，更恨他头脑简单。借钱给人不要利息，把我们在威尼斯的利率都压低了。有朝一日，只要我能把他打得屁股坐地，我一定要他把这笔陈年老账加倍偿还。他瞧不起我们这个神圣的民族，甚至在大众聚会的商场，也对我们冷嘲热讽，责备我们做的买卖，把我们名正言顺、好不容易赚来的利息说是剥削。要是这种侮辱也能忍受，那我们受苦受难的民族永远也休想翻身了。

巴萨奥　夏洛克，你听见吗？

夏洛克　我正在盘算手头的现金，如果我没记错的话，我估计要一下拿出整整三千金币这个大数目，恐怕还不容易做到。不过，这不要紧，我们还有希伯来的大富家杜巴尔，他会帮忙凑足这个数目的。等一等！你说是借几个月？——（对安东奥）你过得好吗，尊敬的好先生？我们正在谈到你呢。

安东奥　夏洛克，虽然我的借支开销从来不要利息，不过为了帮朋友的忙，为了满足他的需要，我就打破常规了。（问巴萨奥）他知道了你要借多少吗？

夏洛克　嗯，嗯，三千金币。

安东奥　借三个月。

夏洛克　我忘记了——借三个月，是你说的。你的保单呢？给我看看。不过，请听我说，我记得你说过，你借出借入都是不要利息的。

安东奥　从来不要这一套。

夏洛克　在雅各为他的拉班舅舅放羊的时候——这个雅各是我们圣祖亚伯拉罕的后代——（他的母亲要帮他的忙）让他和拉班舅舅、哥哥三个人分管羊群，他有了第三份。

安东奥　提他干什么？他又没有放利息。

夏洛克　没有，他没有放利息，但是你可以说，他得到了直接的利益。你看雅各是怎样干的。他和拉班舅舅商量好了：生下来的小羊如果是杂色的，就归雅各所有，作为他放羊的工钱。到了秋末，母羊发情了，要找公羊，在这些卷毛牲口交配的时候，手脚灵巧的羊倌把剥皮的嫩枝，在母羊交配的时候插在它的眼前，结果母羊产下的羊羔多是杂色的，都落到了雅各手里。这就是发财得利的办法，小羊倌也真有福气。这种便宜只要不是偷来的，得利也就得福了。

安东奥　雅各所做的，老兄，只是投机取巧，他并没有做什么对人有利的事，生什么样的羊羔都是天意。这并不能证明放利息是好事。难道你的金子、银子是公羊、母羊吗？

夏洛克　话不能这样说。我的意思只不过是希望利息生得像母羊生羊羔一样快罢了。

安东奥　（旁白）你听见没有，巴萨奥？魔鬼都会利用我们的《圣经》来达到他的目的。一个卑鄙的小人也会引用神圣的经典，就像一个装出笑脸的坏蛋，一个好看不好吃的烂苹果。啊，美丽的外表怎么遮住的是丑恶的内心！

夏洛克　三千金币——数目不小，十二个月里借三个月——我来算算利息有多少。

安东奥　喂,夏洛克,我们能不能借到这笔钱?

夏洛克　安东奥先生,多少次你在市场上把我说得一钱不值。说我爱财如命,重利剥削,我总是忍气吞声,耸耸肩膀算了。因为忍辱负重是我们这种人的标记。你说我们相信异端邪说,是卡住脖子不放的狗奴才,你在我们犹太人的袍子上吐口沫,只不过因为我乐意自由使用我自己的钱财。那好,现在看来,你却要我来帮忙了。去你的吧,你来找我,却对我说:"夏洛克,我们要借钱。"——你是这样说的,你说起话来口沫四溅,连我的胡子上都沾满了你的口水,你踢人像踢门口的野狗。你要的是钱。叫我怎么说呢?难道我不应该问你:一只狗会有钱吗?能够借给你三千金币吗?难道我应该低头弯腰,低声下气,用奴才的口气毕恭毕敬地说:"我的好老爷,你星期三吐了我一脸口沫,另一天踢了我一脚,还有一天你骂我是狗。为了报答你的恩情,我应该借给你这么多钱?"

安东奥　我大约还会这样骂你,踢你,吐你口沫的。

如果你打算借这笔钱给我，也不必当作朋友之间的金钱往来——哪有朋友之间借贷还要收利息的？那你就只当是借给你的对头吧。要是他不能还债，你满可以加重罚款。

夏洛克　怎么，你看，又生气了？我是想和你做朋友，讲交情，忘记你加在我身上的侮辱，还提供你现在需要的款项。但我借钱给你，并不要你分文利息，你却不肯听我的话，而这些都是我好意提出来的。

巴萨奥　的确是一番好意。

夏洛克　我好心好意提出来，我们去找一个公证人，当面签约。如果我们高兴这玩意儿，不妨在借约上写明：假如你到了某个时间，还不能在某个地方还清你的债款，那合约中就得说明：我可以在你身上任何部分割下一磅肉来。

安东奥　同意，我会在借约上签字。我还会说：犹太人居然会有好心呢。

巴萨奥　你不能为我签这样的借约。我宁愿缺钱，也不能让你签这样的借约。

安东奥　你怕什么,老兄?我不会欠债不还的。借约到期前一个月,我会有三倍,不,"三三见九",我会有九倍多的钱来还债呢。

夏洛克　亚伯拉罕老祖宗啊,这些做买卖的基督徒真难对付,他们将心比心,猜测别人也和他们一样损人利己!不过,请你告诉我:从你的损失中,我能够得到什么呢?从一个人身上割下一磅肉来,有什么用?对我有什么好处?它比牛肉、羊肉、山羊肉更好吃吗?我说,我本来想用好心来换好报,如果你能接受,那好;如果你不接受,那就难了,但是至少,千万不要把我的好心当成恶意啊。

安东奥　好,夏洛克,我会在借约上签字的。

夏洛克　那么,我们就在公证人那里会面吧。我要去告诉他借据怎么写法,还要马上去凑足这么些金币,然后回家去看看,让一个大手大脚的下人管家,实在是有点放心不下。回家之后,我就会去和你们会面的。

安东奥　快去吧。好一个犹太人。

（夏洛克下。）

这个犹太人简直成了基督徒,他变得好心好意了。

巴萨奥　我不喜欢坏心眼说出的好字眼。

安东奥　走吧。你不必担心我还不了债,不用两个月,我的船就会回来。

（同下。）

# 第 二 幕

## 第一场

### 贝蒙特。玻西娅家。

（摩洛哥王子褐肤白衣,及三四随从上。玻西娅、妮莉莎及从人上。喇叭花腔。）

王　子　希望大家不要以貌取人,威风凛凛的太阳是我的至亲,又是我的近邻。他留下的暗影染黑了我的外形,却燃红了我的内心。你可以找来一个冰天雪地的北国英雄,太阳神的烈焰不能使他冰消雪融,但他的内心绝发射不出我火一般的热情,来赢得你的真心。我告诉你,美人,我的威风吓退过无所畏惧的英雄好汉。我敢向你保证:我国土上最出色的少女也曾为我倾心颠倒,我的确舍不得这一身黑黝黝的肤色，但是，为了赢得胜过江山的美人，哪有什么不可以舍弃的呢？

玻西娅　少女随心所欲的眼力并不是指导我择偶的唯一法宝。再说，我的命运由抽签决定，限制了我自由选择的可能。但是，假如我的父亲没有用他的智慧为我构筑一道安全的藩篱，就像我刚才对你说的，那么，尊贵的王子，在我所见过的求婚人当中，无论比哪一位王孙公子，你都是毫无愧色的。

王　子　蒙你慧眼识英雄，多谢多谢。现在，请你带我去观赏宝盒，试试我的命运吧。就是我手中这口宝剑，曾经断送了波斯王的性命，并且取得了三次战场的胜利。不管多么威风凛凛、杀气腾腾的凶神恶煞，也休想让我退后一步。我要环瞪圆眼，鼓起雄心壮志，打退敌人。我要从雌熊胸前夺走她喂乳的幼熊，也敢和张牙舞爪、咆哮怒吼的雄狮争夺他口中的猎物。但是命运并不一定喜欢争强好胜的人物，赫鸠力士假如要掷骰子，运气不一定比他的奴才好。盲目的命运之神并不喜欢能和他争高低上下的人物，百战百胜的赫鸠力士的下场，居然是走上了穷途末路。如果命运之神不屑睁开眼睛，那无价之宝也可能落入并无回天之力的手中，令人死不瞑目，饮恨终身了。

玻西娅 那你就得碰运气了。你可以根本不参加选择，或者在选择前先发个誓，假如没有选对，就不再结婚了。所以请你慎重考虑吧。

王　子 我不会说话不算数的。来，带我去碰碰运气。

玻西娅 请你先去教堂。用膳之后，再来试运气吧。

王　子 试试运气，不是幸福
　　　　就是痛苦，甚至痛哭。

（众下。）

# 第 二 幕

## 第二场

## 威尼斯街上

（小尖头驼子朗斯洛·戈波上。）

小尖头　当然，离开这个犹太主子我会心安理得的。魔鬼就在我的左右，他会引我上钩，会对我说："驼子，小尖头驼子，好个小尖头。"或者说："好戈波。"或者是"好个朗斯洛·戈波，你长着两条腿干什么用呀？还不赶快溜之大吉，一走了事吗？"我的良心却说："走不得，老实的驼子。"或者像前面一样说："老实的小尖头驼子，不要拍腿就走，溜之大吉。太丢人了！""去你的吧！"魔鬼说。"快走！"魔鬼说。"看在老天的分上，狠下心来！"魔鬼说，"一跑了事。"但是良心卡住我的脖子，出了个好主意："老实的小尖头，你是个尖头男人的好种——或者不如说是个开门女人的孬种。"因为我爸老是削尖了头横冲直撞，我妈却是大门洞开，来者不拒，天地合一。不过，我的良心说话了："小尖头，不要动！"魔鬼却偏要说："干吗不动？"我说："良心，你是正道；魔鬼，你是邪道。"听良心的话，我应该和犹太主子同流合污；但是凭良心说，他真是个魔鬼；若要抛弃他，那到底是听了、还是不听魔鬼的话呢？看来，良心说的并不是良心话；魔鬼说的也不一定是鬼话。魔鬼，我还是听你的吧；逃之夭夭，溜之大吉。我的两条大腿唯你之命是听了。

（老驼子戈波提个篮子上。）

老驼子　小爷，请问到犹太老爷家怎么走？

小尖头　（旁白）天呀，这是生我养我的老爸。他眼睛里掺了沙，瞎得连我也认不出来了。那我也就在他面前来混混账吧。

老驼子　小爷，请问去犹太老爷家怎么走？

小尖头　到了前面转弯的地方，往右手拐，再转弯就往左拐；天呀，到了第三个转弯的地方却不要再拐，顺着弯弯曲曲的路往前走，就到了犹太人的家了。

老驼子　天呀，这条路可难走了！你知道有个朗斯洛住在他那儿吗？他们是不是住在一起？

小尖头　你说的是朗斯洛少爷吗？（旁白）瞧我的！现在我要叫他哭笑不得了。——你说的是朗斯洛少爷？

老驼子　小爷，不是什么少爷，只是一个穷人的儿子，虽然我要说，是个老实巴交的穷苦人，不过，谢天谢地，日子过得还好。

小尖头　那好，他父亲爱怎样就怎样，我们只谈朗斯洛少爷。

老驼子　小爷，你是说你的朋友朗斯洛吗？

小尖头　不过，我请你，不过，老人家，不过，我请你只谈朗斯洛少爷，好吗？

老驼子　是朗斯洛，小爷，不是少爷。

小尖头　不过，是朗斯洛少爷。但是不要谈朗斯洛少爷了，老爷子，这个少爷命不好——三个命运女神已经切断了他的生命线——他已经归西天去了。或者说明白点，他走上断头路了。

老驼子　天哪！那怎么得了！那小子是老人的靠山，是我的扶手杖呀！

小尖头　（旁白）我像他手里的拐杖吗？——老爸爸，你不认识你的儿子了吗？

老驼子　哎呀，我怎么认得你呢，我的小爷子？不过，请你告诉我：我的儿子——上帝保佑他在天之灵！——他是死了还是活着呢？

小尖头　你不认得我了吗，老爸？

老驼子　哎呀，小爷，我眼睛里掺了沙，看不见了。怎么认得你呢？

小尖头　不认得，的确，即使你的眼睛不瞎，你也不一定认得出我来。只有眼明心亮的父亲才认得出自己亲生的儿子。好了，老爷子，我要告诉你关于你儿子的消息。

　　　　（跪下。）祝福你的儿子吧！真相是瞒不住的，杀了人手上总有血——儿子瞒父亲可以瞒一天，也不能瞒一辈子呀！

老驼子　小爷，请你站起来，我相信你不会是我的儿子小尖头朗斯洛。

小尖头　老爸，不要聪明反被聪明误了。请你祝福你的儿子吧，我就是小尖头朗斯洛呀。——我以前是你的儿子，现在还是，将来永远都是你的儿子。

老驼子　我不相信你是我的儿子。

小尖头　不管你信不信，反正我是你的儿子小尖头，犹太人的用人。我还知道你的老伴麻辣婆就是我的亲娘。

老驼子　我的老伴正是麻辣婆。我敢发誓，如果你是麻辣婆生的儿子，你就是我的亲骨肉。谢天谢地！你怎么长出胡子来了？胡子长得比我那匹马尾巴的毛还长啊！

小尖头　（站起来。）怎么？难道你那匹马的尾巴越长越短了？我分明记得，上次看见你的马，它尾巴上的毛比我脸上的长得多呀。

老驼子　天哪，你的样子怎么变了？你和你的主子合得来吗？我给他带礼物来了。你们相处得好吗？

小尖头　合得来，合得来。不过，我倒想碰运气一走了事，不走到另外一个地方，我就不能算是完事大吉。我的主子是个货真价实的犹太人，你要给他礼物吗？还不如送他一根绞索呢！给他做用人快把我饿死了，你摸摸我的手指头，就知道我的肋骨有多粗了。老爸，你来了我真高兴，把你的礼物送一个新主人吧，巴萨奥会给我难得的新制服呢！天底下还找得着比他更好的主子吗？啊，运气真好，说到巴萨奥，巴萨奥就到。我要再帮刻薄的犹太人，自己也要成犹太人了。

（巴萨奥及莱拉多等随从上。）

巴萨奥　就这样吧，但要赶快，晚餐最迟要在五点钟以前准备好。——（对一个随从说。）把这几封信送出去，制服要快点做好，请葛夏诺尽快到我家来。

（一随从下。）

小尖头　对他说吧，老爸。

老驼子　上帝祝福老爷！

巴萨奥　谢谢,你有什么事找我吗?

老驼子　老爷,这是我的儿子,一个穷人家的小伙子。

小尖头　不是穷人家的小伙子,老爷,是一个有钱的犹太人家的手下人。我的父亲会说清楚的。

老驼子　老爷,我的儿子有个打算,就像大家说的,他想侍候你,老爷。

小尖头　的确,长话要说得短。我本来侍候一个犹太人,但是却打算像我老爸要说的——

老驼子　他的主子,请老爷原谅我直说,和他有点牛头不对马嘴。

小尖头　简单说来,事实就是:犹太人对不起我,就像我老爸说的,希望这个老人家能说出个道理来——

老驼子　我做好了一盆鸽子,想请老爷尝尝。我想要求——

小尖头　说简单点,这个要求不太合适,请听老人家怎么讲;虽然我说了,虽然可怜的老人家是我爸——

巴萨奥　你们两个人,有一个说就行了。你们要什么?

小尖头　要侍候你,老爷。

老驼子　就是这个主意,老爷。

巴萨奥　我知道你,你已经有了你的主子,你的主子夏洛克今天还谈到你呢。你为什么不干你的差事,难道侍候一个没钱的老爷比得上一个富有的犹太老板吗?

小尖头　俗话说得好,我的旧主子夏洛克有的是人间的金钱,缺少的是上天的恩典。

巴萨奥　你说得不错。去吧,老爷子,带你的儿子去向他的犹太主子辞别,再问清楚我住的地方吧。(对随从)——给他一套绣花边的制服,要比别人的花哨一点,不要忘了。

小尖头　老爸,进去吧。我会找不到工作吗?我嘴里没有长舌头吗?那好。(瞧瞧自己的巴掌。)意大利难道还有一个按着《圣经》起誓的巴掌比我的纹路更好的吗?——那我就要走好运了。你看,这一条纹路是我的生命线。娶几个老婆算得了什么?哎呀,十五个老婆不算多,十一个寡妇再加九个闺女不过是一夜的货，落水三次都淹不死，鸭绒被里，谋财害命的也轮不上我。

这还算不上是死里逃生。得了，如果命运之神真是一个女神，她也不会瞧得上我这个破烂货。老爸，走吧，老天一眨眼睛，我也要向犹太人眨眨眼睛告别了。

（小尖头同老驼子下。）

巴萨奥　（把一张单子给莱拉多。）请你记住，好莱拉多，这些东西买好之后，分门别类处理一下，就赶快回来，因为我今晚的餐会邀请了我最看得起的客人。你快去快来吧。

莱拉多　我会尽心尽力的。

（葛夏诺上。）

葛夏诺　你家主人在吗？

莱拉多　在那边散步呢，先生。（下。）

葛夏诺　巴萨奥老兄。

巴萨奥　葛夏诺！

葛夏诺　我找你有事。

巴萨奥　你的事有求必应。

葛夏诺　那你算是答应了，我要同你去贝蒙特。

巴萨奥　你当然可以去。不过你听我说，葛夏诺，你说话太随便，不太客气，声音也太高，在你是习以为常，在我们熟人听来也不足为奇。但是不熟悉你的人一听，却会觉得你太自由散漫了。所以我要请你忍耐一点。你活灵活现的精神要注上几滴镇静液，否则，你毫无拘束的脾气就会在我要去的地方引起不必要的误会，使我的好事受到妨碍了。

葛夏诺　巴萨奥老兄，听我说，要是我拿不出一副严肃认真的外表，说起话来毕恭毕敬，绝不随便赌咒发誓，祈祷书决不离开我的口袋，看起来正正经经，还带几分拘谨，不止这样，做祷告的时候，我还会把帽檐拉下来遮住眼睛，叹一口气，说一声"阿门"，正正经经，循规蹈矩，装出一副可怜相，仿佛要讨婆婆欢喜的孙子。要是我做不到这等模样，那你就用不着再相信我的话了。

巴萨奥　那好，我们倒要看你显显身手了。

葛夏诺　不行，今夜我可不能献丑。你不能根据我今夜的表现来推测我明天会显出的功夫。

巴萨奥　要是今夜献丑，那可糟了！因为我正巴不得你们兴高采烈、欢天喜地过一宵呢。今晚的朋友都是寻欢作乐才来的。不过，对不起，我要先走一步，因为我还有别的事等着要办。

葛夏诺　我也要去找洛朗佐和别的人。那我们就吃晚餐时再见吧。

（各下。）

# 第 二 幕

## 第三场

### 威尼斯。夏洛克家。

（洁西珈和朗斯洛上。）

洁西珈　我真不愿意你就这样离开了我的父亲。我们的家简直成了地狱，若不是有你这个机灵的小鬼来排忧解闷，减少几分令人讨厌的气氛，那有多糟！不过，再见了。这是我给你的一个金币。（把金币给他。）朗斯洛，吃晚餐的时候，你会见到洛朗佐，他是你新主子的客人，请你把这封信给他。（交信。）但是不要给别人看到。你现在就走吧。我可不愿让我父亲看到我和你谈话呢。

朗斯洛　再见！眼泪代替了我的舌头，最美丽的外教人，最甜蜜的犹太姑娘。要是没有一个基督徒来把你诱出教门，我怎么对得起你呢？再见吧，这些糊涂的眼泪要淹没男子汉的丈夫气了。再见。（下。）

洁西珈 再见了，好样的朗斯洛。唉！我的内心深处怎么会有这种见不得人的思想？做我父亲的女儿，简直使我无地自容了。我身上虽然流着他的血，心里却不喜欢他做人的方式。啊，洛朗佐，如果你说到做到，我就要结束这场斗争，做你可爱的基督教新娘子了。（下。）

# 第 二 幕

## 第四场

## 威尼斯街上

（葛夏诺、洛朗佐、萨勒奥、索拉辽上。）

洛朗佐　不，我们要在晚餐前悄悄地到我住的地方去化装，再在一个钟头之后又赶回来。

葛夏诺　我们还没准备好呢。

萨勒奥　也没请人来拿火把。

索拉辽　这似乎没有什么意思，若没有巧妙的安排，我看还是不必多此一举吧。

洛朗佐　现在才四点钟，还有两个钟头够我们用的。

（朗斯洛送信上。）

——朗斯洛伙计，有什么消息吗？

朗斯洛　请你拆开信看，就会明白是什么意思了。

洛朗佐　我认得这笔迹，的确是漂亮的手才写得出漂亮的字。我看这手显得比纸还更白、更美呢！

葛夏诺　那一定是情人的情书了。

朗斯洛　先生，我得走了。

洛朗佐　你到哪里去呀？

朗斯洛　去请我的旧主子犹太人到我的新主子基督教徒家吃晚餐呢。

洛朗佐　且慢。这是赏给你的。（给钱。）去告诉美丽的洁西珈：我不会叫她失望。不要在大家面前讲。你去吧。

（朗斯洛下。）

诸位，你们参加今晚的化装舞会吗？我已经有人来拿火把带路了。

萨勒奥　那好，我也要马上去准备一下。

索拉辽　我也会去。

洛朗佐　过个把钟头我们在葛夏诺家再见吧。

萨勒奥　那好，再见。

（萨勒奥、索拉辽下。）

葛夏诺　情书是漂亮的洁西珈写来的吧？

洛朗佐　对你也没有什么好隐瞒的。她已经指引我怎样带她离开她父亲的家，她会带走什么金银财宝，还准备了随从的童装。如果她父亲犹太人的灵魂能升天的话，那都是多亏了他女儿的慈善心肠。希望不会有什么倒霉的事随着她的脚后跟来，除非是要惩罚她那相信异端邪说的父亲。和我一边走一边读信吧。（拿出信来。）洁西珈就要带火把来引路了。（同下。）

# 第 二 幕

## 第五场

### 威尼斯夏洛克家门前

（夏洛克和他以前的仆人朗斯洛上。）

夏洛克　那好，你就可以看出，用眼睛来判断老夏洛克和年轻的巴萨奥有什么不同了。——怎么啦，洁西珈？——你可不能老在家里大吃大喝啊！——怎么啦，洁西珈？——你可不能蒙头大睡，鼾声如雷，不像样子啊！——怎么，洁西珈？我叫你呢！

朗斯洛　怎么啦，洁西珈？

夏洛克　谁让你叫她的？我没有让你叫她呀。

朗斯洛　老爷不是常常怪我不吩咐就不动口吗？

洁西珈　您叫我吗？什么事呀？

夏洛克　他们请我去吃晚餐，洁西珈，这是钥匙。我为什么要去吃这一顿呢？他们并不是真心邀请，只不过是讨个好而已。但我还是要不怀好意地去放开肚子，吃这些大手大脚的基督徒一顿。洁西珈，我的女儿，好好看住房子。其实我并不是真心要去，因为兆头不好。昨夜做梦，我还离不开钱包呢。

朗斯洛　请老爷赏个面子，说几句煞风景的话，我家少爷也不会在乎的。

夏洛克　我也不在乎他们的虚情假意。

朗斯洛　假如他们要装模作样，我不敢说他们不会脸笑心不笑。假如你看到他们笑里藏刀，那也不足为怪，因为黑咕隆咚的上星期一，我就碰了一鼻子灰，连鼻血都碰出来了。

夏洛克　他们会虚情假意开起化装舞会来吗？听我说，洁西珈，锁起门来，街上敲锣打鼓，笛子手把嘴吹歪了，你也不要开窗看那些歪门邪道的基督徒！一定要关门闭户，不要让房

　　　　屋开眼。我今夜真不想去吃什么晚餐，但还是勉强去一趟吧。你先走一步，伙计，说我随后就到。

朗斯洛　那我走了，老爷。

　　　　——（对洁西珈）

　　　　小姐，请你留心看住窗外，

　　　　基督徒才配得上你的青睐。

　　　　（下。）

夏洛克　这个贱人养的奴才说什么话来着？嘿！

洁西珈　没什么，不过说句"小姐再见"罢了。

夏洛克　这家伙走得好。他是个大饭桶，干起活来慢手慢脚，睡起觉来却比得上夜里不捉老鼠的野猫。只会嗡嗡叫的黄蜂有什么用？打发他走正好，让他去帮那个借债度日的败家子，不是正可以让他把债借得越来越多，钱袋越来越空吗？那好，洁西珈，你进去吧，说不定我很快就回来的。照我说的话做，把门锁好！

　　　　锁得牢靠，不会丢掉。

　　　　若不记住，财产难保。

　　　　（下。）

洁西珈　再见，如果天从人愿，
　　　　我们就要断了父女缘。
　　　　（下。）

# 第 二 幕

## 第六场
## 威尼斯夏洛克家附近

（葛夏诺、萨勒奥戴假面具上。）

葛夏诺　洛朗佐就是要我们在屋檐下等他的。

萨勒奥　时间已经过了。

葛夏诺　这倒怪了，他怎么会晚到呢？恋人们总是跑得比时钟还快的啊。

萨勒奥　爱神的鸽子车飞去见新恋人一面，总比不耽误旧情人的约会要快十倍。

葛夏诺　事情总是这样的：哪一个人餐后的食欲会比餐前更强呢？哪一匹马跑出去的时候，会比跑回来更显得筋疲力尽？万事万物还没有到手，追求起来总是劲头十足，到手之后，还会有那股子劲么？一个年轻的浪子多么喜欢他那锦旗飘扬的货船一离岸就碰到献媚讨好的顺风顺水抚爱按摩，但是等到船回来时，经过凄风苦雨吹吹打打，已经筋骨毕露，船帆破损，骨瘦如柴，孤苦伶仃，请问那个浪子还会同样喜欢这艘船么？

（洛朗佐上。）

萨勒奥　洛朗佐来了，这些话等等再说吧。

洛朗佐　我的好朋友，麻烦你们久等了，不是我，是我的事情有劳你们费神的。下次等到你们需要偷情打俏的时候，我一定照样奉还。请过来，这就是我的岳父犹太人的家。——喂，家里有人吗？

（洁西珈穿男童装上。）

洁西珈　谁呀？为了稳当，请告诉我吧。虽然我敢发誓，我听得出你的声音。

洛朗佐　洛朗佐，你的情人。

洁西珈　洛朗佐，不错，我的情人，也不错。不过，除了你，还有谁知道我是你热爱的人儿呢？

洛朗佐　天上的眼睛和你的心都可以证明你是我的。

洁西珈　接住这个盒子，你没有白费力气。我真高兴现在是夜里，你看不清我的模样，因为我这身打扮实在使我难为情。好在爱神是盲目的，情人也看不清自己闹的笑话，假如他们眼明心亮，那爱神看见我这身打扮，也要羞得满脸通红的。

洛朗佐　下来吧，你还得给我举火把呢。

洁西珈　怎么？还要我用火光来照明我这羞得通红的脸吗？说实话，我这身打扮已经够轻佻的了，不能暴露在众目睽睽之下。火光一照，哪里还有我的藏身之处呢？

洛朗佐　甜蜜的人儿，你这身童装已经是天衣无缝了。快下来吧，黑夜正在溜走，巴萨奥还等着我们吃晚餐呢。

洁西珈　我要把门锁好，多带一些金币，马上下来找你。

（从上方下。）

葛夏诺　看，老天在上，多么温柔体贴，哪里像犹太人？

洛朗佐　要是我不真心实意爱她，老天也不会答应的。如果我没看错，她是多么聪明；我的眼睛不会骗人，看起来她又是多么美丽；她的一举一动都说明了：她是多么忠实可靠。这样聪明美丽，忠实可靠，到哪里才找得到？找到了怎能不当个宝？

（洁西珈上。）

啊，你来了，朋友们，我们都走吧，
假面舞会的舞伴正在等着我们呢。

（同洁西珈、萨勒奥下。）

（安东奥上。）

安东奥　那是谁呀？

葛夏诺　安东奥老兄。

安东奥　啊，葛夏诺，还有别的人呢？现在已经九点钟，朋友们正等着你们呢。今晚的化装舞会开不成了，忽然起了顺风，巴萨奥就要上船。我已经派了二十个人到处找你们呢。

葛夏诺　那太好了，正是时转运来，
我正巴不得上船漂洋过海。

（同下。）

# 第 二 幕

## 第七场

### 贝蒙特。玻西娅家。

（玻西娅、摩洛哥王子及双方随从上。）

玻西娅 来吧，揭开帘幕，请高贵的王子看看宝盒，做出高明的选择吧。

王　子 第一只金盒子上面刻了几个大字："众望所归"；第二只银盒子上刻的是："得其所值"；第三只灰蒙蒙的铅盒子却发出了醒目的警告："临危不惧！"那么，我该选哪个盒子呢？

玻西娅 三个盒子中有一个装了我的画像，如果你猜中了，我就是你的人。

王　子 请上天指引吧！让我想想，我要再看看盒子上刻的字。铅盒子怎么说来着？"临危不惧！"有什么危险呢？阴沉沉的铅铁是危险么？人若冒险，总是为了有利可图，或者为了黄金般的前途，不会为了灰蒙蒙的穷途末路，我不能冒险选这个铅盒子。那个银盒子发出了圣洁的光辉，它是怎么说的？"得其所值。"得其所值，等一等，摩洛哥，公平老实地衡量一下你自己吧。根据大家对你的评价看来，你没有什么不如人的。但是比起这位盖世美人来呢？我却觉得总是有所不足。有什么不足的呢？论家世，论财富，论人品，论教养，尤其是谈到丰富的感情，我有哪一点配不上她的呢？那都不必再考虑了，就选这个银盒子如何？不过，还是再看一遍金盒子说了什么吧："众望所归。"这位美人真是众望所归的呢。世界上的求婚人不是都从四面八方来拜倒在这位活着的圣女坛前么？无论是非洲的大沙漠，还是阿拉伯的大荒原，都阻挡不了王孙公子来朝拜美丽的女神玻西娅。翻山倒海、摩天动地的惊涛骇浪，对跨越千山万水来朝圣的信徒，似乎都成了微不足道的奔腾细浪。但是这三个宝盒之中，只有一个藏着她的画像。会是在铅盒子里吗？这种想法不单是贬低了她，也贬低了自己。即使是说掩盖她遗体的丧服，埋葬在不见天日的坟墓中，那铅盒子对她也是大不敬啊。那么，她的画像会不会藏在银盒子里呢？银光闪烁的宝盒比起金光灿烂的锦盒来，相形之下，立刻价值一落千丈了。连这种想法都是罪过。这样宝贵的画像，就像英国金币上刻着的天使形象一样。我们人间的天使怎能不金装玉裹呢？把钥匙给我吧。希望我的前途能够一样光明！

玻西娅 请王子接住钥匙。如果画像在盒子里，我就是你的人了。

（王子打开金盒。）

王 子 哎呀！见鬼！这是什么？一个死神的骷髅。那一望皆空的眼睛里还吐出字来了。什么字呀？我来看看：

"发金光的不一定是黄金，

你听人说过，但不一定相信。

多少人一辈子为人卖命。

到头来还是我这样的外形。

坟墓中害虫成了神。

即使你勇敢又聪明，

手脚灵便，思想机敏，

有问必答，也要牢记在心：

永别了，热血总要成冰。"

血一成冰，一切皆空；

告别盛夏，迎来严冬。

别了，美人，能不心痛？

败军之将，哪能言勇？

（喇叭声中，王子同随从下。）

玻西娅　拉上帘幕！他走得倒从容。

我怎能选他这样的面孔！

（拉上帘幕。众下。）

# 第二幕

## 第八场

## 威尼斯街上

（萨勒奥、索拉辽上。）

萨勒奥　怎么，老兄？我看见巴萨奥开船走了，葛夏诺也和他同走。但我不敢肯定洛朗佐是不是在他船上。

索拉辽　该死的犹太人大呼小叫，闹着要公爵去搜查巴萨奥的船呢。

萨勒奥　但是他去晚了一步，船已经开走了。不过，有人告诉公爵：看见洛朗佐和洁西珈在一只小船上亲亲密密地待在一起呢。再说，安东奥也向公爵保证：他们不在巴萨奥船上。

索拉辽　我从来没有见过这样乱七八糟的感情发作，

　　　　这样稀奇古怪、混乱冲昏了头脑、前言不对后语的胡说八道，像这只犹太狗气急败坏地在街上说的这番话："我的女儿，啊，我的金币，我的女儿和基督教的人私奔了。啊，我从基督教徒手里赚来的金币！世上还有公道，还有法律吗？把我的女儿和我的金币都一卷而空了。还有一大包，两大包锁得好好的金币。比金币还要贵一倍的双金币，都给我的女儿偷走了！还有金银珠宝，两颗大宝石。两颗无价之宝，都给我女儿偷走了！世上还有公道吗？一定要把我女儿找回来，她把珠宝带在身上，把金币也带走了！"

萨勒奥　怪不得威尼斯全城的男孩都跟在他后面叫喊：宝石啰！女儿啰！金币啰！

索拉辽　安东奥可得记住他还债的日子哟，否则，怕他要吃不消了。

萨勒奥　天哪，我记起来了，昨天一个法国人告诉我：在英国和法国交界的狭长海面上，有一艘我们满载货物的商船失事了。他一说，我就想到了安东奥，并且暗自思忖：但愿不是他的船才好。

索拉辽　你最好把你听到的事告诉安东奥，但是不要太突然了，免得叫他难以招架。

萨勒奥　世上哪有他这样好的人？我看见巴萨奥和他分别的时候，巴萨奥说要尽早赶回来，他却说："用不着为我着急，免得忙中出错。"他要巴萨奥等待时机成熟。至于他给犹太人签的借据，他说千万不要为了这种事分心，"高高兴兴去求婚吧！集中思想，用外表的行动去显示内心的感情，去赢得美人的欢心。"说到这里，他的眼睛已经露出了泪珠，他转过脸去，把手从巴萨奥背后伸过去，亲热地握住他的手，他们就这样分别了。

索拉辽　我看，他几乎是为了巴萨奥而更爱这个世界了。请你带我去找他吧，不要让沉重的心事压住他的胸怀，让我们去松散他的心情吧。

萨勒奥　你说得对，那就去吧。

（同下。）

# 第 二 幕

## 第九场

## 贝蒙特。玻西娅家。

（妮莉莎及仆人上。）

妮莉莎　快点，快点，我说快去拉开帘幕！阿拉贡王子已经起了誓，立刻就要来选盒子了。

（喇叭声中，阿拉贡王子和玻西娅各带侍从上。）

玻西娅　请看，高贵的王子，这里有三个盒子，如果你选中的那一个里面有我的画像，我们就可以立刻举行婚礼。如果你没有选对，那么，对不起，高贵的王子，只好请起驾回国了。

阿拉贡王子　我已经起誓遵守三个条件：一是不告诉任何人我选的是哪个盒子；二是如果没有选

     对,那就这一辈子也不向别的少女求婚;三是如果我的运气不好,那就立刻和你道别再见,再也不回来了。

玻西娅 为了赢得我这样微不足道的贱躯,求婚人都起誓答应这三个条件了。

阿拉贡王子 我也准备好了。命运啊,你会满足我的愿望吗?

    高贵的金银和微贱的铅盒。"临危不惧!"你看起来这样"微贱",值得我为你冒"危险"吗?金盒子说什么?咏,等我看看,"众望所归。"这个"众"是什么意思?也许是"群众""群氓",那些只看外表、不会深入内心的群众,就像风吹两面倒的墙头草一样。我能和这样粗俗的群众同流合污吗?不能!银盒子怎么说?我要再看一遍它说的话:"得其所值。"这倒说得不错,因为哪个没价值的人配去追求荣华富贵?哪个无德无能的人该得到高官厚禄,住上高楼大厦呢?如果各得所值,那有多少脱帽致敬的人应该戴上帽子接受敬礼?多少发号施令的人应该俯首听命？从卑微的贫农中可以选出多少真正光荣的富种？而从时代的糟糠废物中又可以挑出多少崭露头角的草包？得了，还是让我选择"得其所值"吧！把那个盒子的钥匙给我，它立刻就要揭示我的命运了。（打开银盒。）

玻西娅　（旁白）他的发现使他哑口无言了。

阿拉贡王子　这是什么？一个傻瓜的画像，手里还拿着一幅字画！等我看看，这幅画像和玻西娅相差多远，离我的希望和我的价值恐怕也有十万八千里吧！"得其所值！"难道我只配得上这副傻瓜的尊容！这是我的所值吗？难道我的所值不会更高一点？

玻西娅　好评和坏评并不是相反相成的。

阿拉贡王子　那字画说什么来着？

"烈火烧了银子七遍，

评价受了七次考验。

所以不会发生错误，

不像影子一样模糊。

影子也会感到幸福，

　　　　　就像傻瓜一样糊涂。
　　　　　银子里面装的是土。
　　　　　随便同个美人上床，
　　　　　谁来主宰你的思想？
　　　　　去吧，不要慌里慌张！"
　　　　我在这里待得越久，就越显得一无所有。
　　　　我来求婚是个傻瓜，我回去时满口傻话。
　　　　再见，我说的话算数，忍气吞声也不诉苦。
　　　　（下。）
玻西娅　烛火会把飞蛾烧伤，自作聪明反而上当，没有选对就输精光。
妮莉莎　古人说得自有道理：结婚、上吊，要碰运气。
玻西娅　走吧，妮莉莎，拉上帘幕再走。（妮莉莎拉帘幕。）

　　　　（送信人上。）

送信人　小姐在家吗？
玻西娅　就在这里，你家主人有什么话要说？
送信人　小姐，一个威尼斯年轻人的车马已经停在门前，特派我来通知：他的主子已经大驾光临，他带来了令人眼花缭乱的礼品，陪伴着满口的甜言蜜语。不论多么贵重的礼物也比不上真情丰富的送礼人。百花齐放的春四月预报了万紫千红的华丽夏天,而开路先锋却预报了万马千军的主帅来临。

玻西娅 不要多说了,再说就要使人以为你在为他讨好卖乖,才把他捧到九霄云外。来吧,妮莉莎,我要从爱神先锋身上看到主帅。

妮莉莎 如果主帅是巴萨奥,那还有谁更加潇洒慷慨?

# 第三幕

## 第一场

## 威尼斯街上

（索拉辽、萨勒奥上。）

索拉辽　市场上有什么消息吗？

萨勒奥　没有核实的消息在流传，说安东奥有一艘满载货物的商船在狭窄的好胜海峡触礁了，我想他们说的是这个看起来平坦、实际上危险的地方，如果七嘴八舌的传闻可信的话。多少大船的残骸都埋葬在这里了。

索拉辽　但愿这是吃饱了没事干的娘儿们说的闲言碎语，要使左邻右舍相信：第三个丈夫死了，她们还会痛哭流泪呢。但这却是事实，既没有添油加酱，也没走歪门邪道。这个好安东奥，老实可靠的安东奥——但愿我能找到名副其实的字眼来形容他！

萨勒奥　闲话少说，结果到底怎么样？

索拉辽　哈，你说什么？结果就是他损失了一条大船啊！

萨勒奥　这能证明他失掉了大船吗？

索拉辽　让我们赶快说"阿门"吧，否则，还不知道魔鬼会增加什么新花样呢！看，说到魔鬼，魔鬼就到。这不就来了犹太魔鬼夏洛克吗？

（夏洛克上。）

喂，夏洛克，市场上出了什么事吗？

夏洛克　你们当然知道我女儿私奔的事了，还有谁比你们知道得更清楚呢？

萨勒奥　那没问题，至少我知道是哪个裁缝给她缝好了翅膀，让她远走高飞的。

索拉辽　夏洛克自己哪里会不晓得：鸟的羽毛一长丰满，哪能安心留在老窝里呢？

夏洛克　唉，真该死！

索拉辽　魔鬼一定会给她判罪的。

夏洛克　她居然背叛了她的血肉至亲。

索拉辽　去你的吧,老不死的。到了你这把年纪,还有谁不背叛你的?

夏洛克　但是我说,我的女儿是我的亲骨肉呀。

萨勒奥　你的肉和她的肉就像煤炭和象牙一样黑白分明。你的血和她的血更是白酒和红酒了。不过,这还不算什么。你听说安东奥在海上失事了吗?

夏洛克　这又算我倒了霉。这个就要破产的败落户,他不敢再在市场上耀武扬威了。叫他小心还他的债吧!他老叫我作剥削鬼。叫他不要忘了自己的借据吧!他借钱也按照基督教施恩不望报的规矩。叫他记住他签过字的借据吧!

萨勒奥　怎么?要是他出了事,我看你不会要割他的肉吧?割人的肉对自己有什么用处呢?

夏洛克　不是可以用来钓鱼吗?如果不能喂鱼,至少也可以出了我这一口恶气。他侮辱过我,使我少赚了好几十万。我一损失,他就大笑;我赚了钱,他却讥笑我。他瞧不起我们这族人,破坏我们做的生意,使我的朋友疏

67

远我，使我的对头咆哮如雷。为什么呢？只不过因为我是犹太人而已。难道犹太人没有眼睛吗？犹太人没有手脚，没有四肢五官，没有感觉，没有感情吗？不是吃一样的食物，不会受伤，不会生病，病了吃药不会恢复吗？难道不和基督徒一样夏天怕热，冬天怕冷吗？如果你刺伤了我们，我们不会出血吗？如果你给我们抓痒，我们不会呵呵地笑吗？如果你给我们吃毒药，难道我们不会死吗？如果你欺压我们，我们能不报复吗？既然我们各方面都一样，假如犹太人欺负了基督徒，基督徒会忍气吞声吗？不会，他会报复。那么，基督徒欺负了犹太人，犹太人能不和基督徒一样报仇雪恨吗？难道我不能照你们的样，以怨报怨，甚至加倍奉还吗？

（安东奥仆人上。）

仆　人　两位先生。我家主人安东奥在家等候，说是有事相商。

萨勒奥　我们也正在上上下下找他呢！

（杜巴尔上。）

索拉辽　又来了一个犹太人。除了魔鬼，谁还能和他们三位一体呢？

（仆人及萨勒奥、索拉辽下。）

夏洛克　怎么，杜巴尔，热那亚有什么消息吗？你在那里打听到我女儿的消息没有？

杜巴尔　哪里有她的消息，我就到哪里去，但还是没找到她。

夏洛克　怎么？得，得，得，得了！就算丢了值两千金币的法兰克福钻石吧。犹太人真是倒霉透了，两千金币的钻石，还有别的珍珠财宝。我巴不得女儿就死在我面前，耳朵里塞满了珠宝，让她就在我面前下葬，把金币塞满她的棺材！怎么？——丢了多少金币？找她又花了多少？真是得不偿失！怎么倒霉事都落到我头上来了！

杜巴尔　别人也有倒霉事。听说安东奥在热那亚——

夏洛克　怎么？怎么？他也倒霉了？倒霉了？

杜巴尔　有一艘从特波利来的商船失事了。

夏洛克　谢天谢地，谢天谢地！是真的吗？是真的吗？

杜巴尔　我是听一个失事的水手说的。

夏洛克　谢谢你，好杜巴尔。好消息，好消息！哈哈！在什么地方？是热那亚吗？

杜巴尔　听说你女儿在热那亚一夜也花了八十金币。

夏洛克　你这真是一刀见红。我再也见不到我的黄金了。一夜就花了八十金币！八十个金币啊！

杜巴尔　有几个安东奥的债主和我同到威尼斯来，他们说安东奥这一次完蛋了。

夏洛克　那太好了，我要诅咒他，折磨他。我太高兴了。

杜巴尔　有个债主给我看了一个戒指，说是你的女儿向他要了一只猴子，就给了他一个戒指。

夏洛克　去她的吧！听了真叫人冒火，杜巴尔，那是我的翡翠戒指，是莉娅和我结婚前给我的，即使是成千上万只猴子也换不来的哟！

杜巴尔　不过，安东奥可一定是完蛋了。

夏洛克　那好，那真是太好了。杜巴尔，快去官府疏通一下，要在借据到期半个月之前说好，如果他到期不还债，我就要剖出他的心来。假如我把他赶出了威尼斯，那还有什么生意我做不成的?去吧,杜巴尔,我们在犹太会堂再见。去吧,好杜巴尔,到会堂再见,杜巴尔。

(各下。)

# 第 三 幕

## 第二场

贝蒙特。玻西娅家。

（巴萨奥、玻西娅、葛夏诺、妮莉莎及双方侍从上。）

玻西娅　请你不要着急。等一两天再选吧。如果你一选错，就不能再陪伴我了，所以还是等一等好。我有预感，虽然不是爱情，我还是不愿意失去你，这点你也知道。当然，这绝不是厌恶，若是厌恶，那绝不会有这种想法；我怕你不理解我——女人只能心里想，不能口里说——我想要你在这里住上一两个月，然后再去冒险试探。那我可以告诉你如何选择，不过这样一来，我可要违背誓言了，所以也不能这样做，那你就可能失掉我了。假如要你失掉我，我思想上还是宁愿犯罪好些。擦亮你的眼睛吧！你使我入了迷，使我一分为二了——我有一半是你的，但又还是我的，既然我的就是你的，那整个的我都是你的了。啊！这说东道西的时间把主人和主权分开了。这样一来，我虽然是你的，但又不是你的。你能够证明吗？让命运见鬼去吧！我可不想下地狱啊。我说得太多了，这都是为了拖延时间，拖得越长越好，免得你选错了啊。

巴萨奥　让我去选择吧，像我现在这样十五个吊桶，七上八下，就像吊在绳子上受拷问一样呵。

玻西娅　你的爱情在受拷问吗，巴萨奥？那你老实招来，你的爱情中混杂了什么阴谋？

巴萨奥　没有什么阴谋，只有莫名其妙的怀疑。担心享受不到爱情的乐趣，就像不能享受美好的生活和友情一样，至于阴谋和爱情，那却是冰炭不同炉的两回事了。

玻西娅　我怕你这是在酷刑下招的供，哪有苦打不成招的？

巴萨奥　只要你给我活路，我自然会说实话。

玻西娅　那好，你就说实话，活下去吧。

巴萨奥　我却要"说实话，爱下去"。快乐的酷刑啊，法官告诉我得救的道路了。让我去碰运气选盒子吧！

玻西娅　那你就去吧，我的画像在这三个盒子里面。如果你真爱我，你会选中那个盒子的。妮莉莎，你们都站开，站远一点，在他选择的时候，奏起音乐来！如果他选错了，也要葬身在天鹅湖的乐声中。如果要比喻更恰当一点，我的眼睛就是天鹅湖中纯净的湖水，把他的爱情溶化在我的泪水中吧。如果他选对了，那要奏什么音乐呢？那就该奏贤臣觐见新加冕的君王时欢天喜地的乐章。理应如此。或者像黎明时分唤醒新郎美梦的甜言蜜语，催促他去完成美梦后的婚礼。现在，他去选择了。虽然不像从海怪手中夺回美人的赫鸠力士那样威风凛凛，但是温柔多情却胜过了特洛亚男女老幼都赞美的这位勇士。我就是海怪手中的人质。别人都是旁观的特洛亚人,他们满面泪痕,要亲眼目睹这英雄救美人的千载难逢的绝妙好戏。去吧,赫鸠力士,我们要同生死,共忧乐,我比你更担心,观战者比上阵的英雄更胆战心惊。

(巴萨奥选盒子时奏乐,歌声悠扬。)

〔歌者〕 告诉我爱情如何成长,

从头脑中还是从心上?

怎样生长又怎样喂养?

讲呀讲,讲呀讲!

爱情从眼睛里生长,

它长得越快,你看得越长。

但它也会在摇篮中夭亡。

让我们为爱情歌唱:

叮叮当,叮叮当!

巴萨奥 外表多么能掩饰内心啊!而世界却依然受到外部华丽装饰的欺骗。在法律方面,腐败堕落的花言巧语掩饰了多少内心的罪恶?在宗教方面,应该严惩的错误经过庄严稳重面目的掩护,又得到引经据典的证实,掩盖了多少粗野的实质！各种各样可以一眼看穿的错误都戴上了外貌伪善的假面具。多少胆小如鼠的懦夫却长着赫鸠力士的横眉怒目，或怒发冲冠的战神面孔，但是揭开他们的内心一看，却是肝白如奶，挤不出一丝一毫使人望而却步的勇气。只有美丽的外表，那只是可以称斤论两买来的化妆品装饰出来的，看起来巧夺天工，其实不过是乔装打扮而已。至于那些随风起舞、像金蛇一样飘来荡去的卷发，谁知道却是古代墓中美人的殉葬品呢？装饰品不过是不远千里从波涛汹涌的印度彼岸运来的掩盖美人的面纱。总而言之，都是新时代对沉重古物的巧妙化装，诱惑聪明人上当的危险品。因此，迈达斯国王热爱点石而成的黄金、人人冷眼相争的白银，这些对我都没有吸引力。只有平淡无奇的铅盒，你的寡言少语却是此处无声胜有声，我就是选上你了，但愿结果是皆大欢喜啊！

玻西娅　其他奔放的热情都如云似雾地消失在无边无际的天空中了，如无影无踪的猜疑、匆匆来去的失望、战战兢兢的恐惧、红眼绿珠的妒忌，等等！啊，爱情，放松一点，不要爱得魂飞九霄云外，乐得欢天喜地！要让欢乐的春雨滋润甜蜜的心灵，不要变成扰乱心灵的狂风暴雨。我感到你沉重的祝福，我希望你是轻松愉快的欢喜，不要乐得我喘不了气。

巴萨奥　我发现什么了？这简直就是玻西娅她自己！画得像开天辟地的上帝的手笔！画中的眼神吸引着我的眼珠，紧随她上下左右，舍不得分离。她分开的嘴唇吐出甜蜜的呼吸，这样亲密的谈吐，怎么舍得让上下唇这对密友片刻分离？她头发的画师是天上的蜘蛛神下凡，织了一个金丝网来捕捉男人的心，比蜘蛛网捕小虫还抓得更紧。还有她的眼睛——怎么可能一边看一边画呢？看得入了迷，眼睛都留在画里了。但是看，我只顾赞美画中的形象，其实画中的形象比起真实的人物来，就像一瘸一拐在和健步如飞竞走啊。画像上还有文字，说出了对我的评价，宣布了我的命运：

（读）"你选择不重外貌,
所以选到了珍宝。
你是命运的朋友,
不可以喜新厌旧。
如果你感到满意,
不要把幸福抛弃。
你应该转向情人,
吐出内心的一吻!"
情文并茂!我要说到做到。(吻玻西娅。)
既接受真情,又表示友好。
两个人争夺同一个奖品,
只能奖给众望所归的人,
一听见欢呼赞美的声音,
我就头晕目眩,如梦如真,
不知道赞美的是哪个人。
真善美三位一体的化身,
我只怕眼见的不是事实,
除非得到你亲口的明示。

玻西娅　巴萨奥公子，你看见我站在什么地方，这就是真正的我。虽然为了我自己，我并没有什么要超越自己的雄心壮志，但是为了你，我愿意超越自己一百倍，比我美一千倍，有一万倍的财富，这样才能提高我在你心目中的地位，使我更好、更美、更会生活，有更多友情。但是整个这些，我却一无所有，没有知识，没有学问，没有实践；幸亏我还不老，还能学；更幸运的是我还不笨，还能学好；最幸运的是，我的思想有了你的指导，我的夫君，我的领导，我的君王，我的一切都转化为你的了。目前，我还是房屋的主人，仆人的主子，自己的王后。但即使是现在，甚至就是现在，这所房屋、这些仆人，连我自己都是你的，因为你已经是我的主子。我把这一切连同这个戒指都献给你。但是假如你和戒指分手，把它抛弃，或者送人，那就预示着爱情的终结，我可以向你收回这一切。

巴萨奥　小姐，你使我哑口无言了，只有我的满腔热

　　　　血涌上心头，向你吐露我的真情，使我的五
　　　　官都呈现一片混乱，就像热血沸腾的群众受
　　　　到衷心拥戴的君主鼓舞，喜怒哀乐全都混成
　　　　一片，争先恐后，说不出多么欢天喜地，听
　　　　起来反倒像是哑口无言了。你说什么这个
　　　　戒指和我分手，那就是说，生命已经和我分
　　　　离，甚至不妨公开宣布：巴萨奥已经死了！
妮莉莎　公子，小姐，现在是我们旁观者道贺祝福的
　　　　时候了。看见你们喜结良缘，我们怎能不连
　　　　声"恭喜恭喜"，祝贺公子和小姐啊！
葛夏诺　巴萨奥公子和多情的小姐，祝贺你们喜结良
　　　　缘！但是我敢肯定，你们绝想不到我也会借
　　　　机结对成双吧。在你们庄严宣誓、永结同心
　　　　的时候，我希望喜上加喜，请你们让我也能
　　　　参加婚礼，分享你们的喜庆，好吗？
巴萨奥　那当然再好也没有了。但是你得先有一个新
　　　　人呀！
葛夏诺　多蒙公子代劳，你已经为我物色好人选了。
　　　　我学公子眼明手快，你看中了小姐的时候，
　　　　我也看上了她的贴身女侍，几乎难分先来后

到了。你的命运取决于三个宝盒，我的命运也系在同一条红线上，你求婚时心急如焚，我也急得汗下如雨，并且赌咒发誓，一直等到舌焦唇干，最后，只要说话算数，我得到了这位贴身女侍的誓言：只要你的鸿运能够赢得她女主人的千金一诺，我也可以得到她的贴心知音。

玻西娅　是真的吗，妮莉莎？

妮莉莎　小姐，他说得不错，只要你同意一诺付出千金。

巴萨奥　而你呢，葛夏诺，你是真心实意的吗？

葛夏诺　是的，公子，我怎会违反自己的心意呢？

巴萨奥　那你们的新婚会给我们的喜宴锦上添花了。

葛夏诺　我们来赌一千金币，看谁先生第一个孩子，好不好？

妮莉莎　怎么，还要打赌？

葛夏诺　不，我们怎么赢得了呢？还是收回赌注吧。看！那是谁来了？不是洛朗佐和他畏罪潜逃的千金女吗？怎么，还有我的威尼斯老朋友萨勒奥呢？

（洛朗佐、洁西珈、萨勒奥上。）

巴萨奥　洛朗佐和萨勒奥，欢迎你们到这里来，虽然我也是新来乍到，比你们早不了多久，但是只要这里的主人不反对我自作主张，我就要欢迎我的朋友和乡亲了。亲爱的玻西娅，你说是不是呀？

玻西娅　我的主子，我哪有不欢迎的理由呢？

洛朗佐　我本来不是来这里看你们的，但是路上碰到萨勒奥，他不容分说就要我们到这里来了。

萨勒奥　的确，公子，但我这样做是有道理的，是我们的好朋友安东奥要我同他来见你的。

（把信给巴萨奥。）

巴萨奥　在我看信之前，请你告诉我：我们的好朋友怎么样了？

萨勒奥　公子，他人没有病，但心中不安。这就是说，身体没病，心里有病。他这封信会告诉你他的情况。

（巴萨奥读信。）

葛夏诺　妮莉莎，欢迎你的新朋友，让她快活起来吧。萨勒奥，和她握手吧。威尼斯有什么消息？我们的好朋友安东奥怎么样了？我知道他得到我们的消息一定会高兴的，我们是两个赢得了金羊毛的幸运儿呀。

萨勒奥　假如你们能够赢回他失掉的金羊，那就好了！

玻西娅　信上的预兆不祥。巴萨奥读信怎么会惊慌失色了？是什么好朋友去世了吗？不然，还有什么能使一个稳如大山的人心慌意乱呢？怎么？比这还坏？对不起，巴萨奥，我是你的一半，我不能不知道信中对我的一半说了什么呀。

巴萨奥　啊，亲爱的玻西娅，这信里有践踏过白纸的最黑暗的文字！温柔体贴的小姐，当我最初向你求爱的时候，我敞开心怀向你显示我血液中的财富，我只是一个中流人物，说的都是实话。但是，亲爱的小姐，你就可以看出，说我不算上流人士，其实还有一点夸张，我早就该告诉你：我不但一无所有，还欠了一位好友的财力资助和感情支援，甚至使他陷入了仇家对头的掌握之中。这一封信，小姐，信纸就像我洁身自好的朋友，但信中的每一个字都流出了生命的鲜血，显出了他的遍体鳞伤。不过，萨勒奥，这可能是真的吗？难道他所有的商船都出事了？没有一艘幸免？从特波利，从墨西哥，从英格兰，从里斯本，还有从非洲和印度，难道没有一条能逃脱这吞噬海船的岩滩巨口？

萨勒奥　一艘也没有，我的好朋友。看来即使他现在有钱还犹太人的债，犹太人也不肯接受。我从来没见过一个这样人面兽心又要谋财害命的恶毒家伙，他从早到晚都追着公爵要求公道，说什么不要损害威尼斯自由市场的盛名。多少富商名人，甚至公爵亲自出面劝说，都没有用。他只是一口咬定，要按照借约，赔偿损失。

洁西珈　我在家里的时候，听到过他对他的同乡杜巴尔赌咒发誓，说他宁愿要安东奥身上割下来的肉，也不要他偿还二十倍的欠款，而且我知道，公子，如果威尼斯的法律、公爵的权威和力量都拿他无可奈何，那可怜的安东奥恐怕很难过这一关了。

玻西娅　难道你最要好的朋友就这样落难了？

巴萨奥　他不但是我最要好的朋友，还是在最困难的时候最热心相助的好人，而且百折不回，毫无怨言。这种古罗马的英雄豪杰精神，今天意大利也少有了！

玻西娅　他欠犹太人多少钱呀？

巴萨奥　他为我向犹太人借了三千金币。

玻西娅　怎么，只是一笔微不足道的数目？还他六千金币抵销债务好了，再加一倍也行，这样要好的朋友怎能让他为了巴萨奥损失一根头发呢？我们先去教堂结婚，然后同去威尼斯救你的好友。怎能让你带着不安的心情躺在我怀里呢？你可以用二十倍的黄金去了结这笔小小的债务。还债之后就同你的好友回这里来吧，我和妮莉莎会过着婚前一样的生活。来吧，今天是你结婚的日子，
向你的朋友们表示热烈的欢迎，
我对你的爱情要超过万两黄金。
让我们来看看你的好友信里说了什么。

巴萨奥 （读信）"亲爱的巴萨奥：我的货船全都失事了。我的债主毫不饶人。我的情况很糟，只好用生命来抵债了。不过你我之间的债务在我生前早已一笔两清。尽量享受你生活的乐趣吧，如果你的情感使你难分难舍，那就千万不要让我这封信使你为难！"

玻西娅 啊，我的爱人，快把事情办好，就动身吧！

巴萨奥 既然你不留我，
我怎能不加快？
上床都是罪过，
不能先内后外！
（同下。）

# 第 三 幕

## 第三场

### 威尼斯街上。夏洛克门前。

（犹太人夏洛克，索拉辽、安东奥、狱监上。）

夏洛克　狱监，看住他！不要发什么善心，这就是那个借钱给人不要利息的傻瓜，狱监，要看住他！

安东奥　听我说，夏洛克，要做好事！

夏洛克　我要执行借约。不要提不合乎借约的事。我发过誓，要按照借约办事。你无缘无故就骂我是狗，狗就要咬人呀。公爵会还我公道的。不按规矩办事的狱监，怎么他一要求，你就陪他出监狱了?
安东奥　请你听我说。
夏洛克　我只要执行借约,不管你说什么,我只要按借约办事,别的就不必多说了!我不会给你说得成了个眼瞎心软的傻瓜,只会摇头叹气,一听你说情就松口的。不要跟着我走了,我只要执行借约。(犹太人下。)
索拉辽　这真是个不讲理的顽固派。
安东奥　随他去吧,我也懒得白费口舌了。他要我的命,道理我也晓得。我帮过多少个给他逼得走投无路的负债人,所以他恨我恨得入骨了。
索拉辽　我想公爵不会让他割肉的意图得逞的。
安东奥　公爵也不能阻止法律的进程,为了外地人在威尼斯做生意的便利,假如言而无信,那会大大损害我们公国的形象,因为本地的商业发展不能不兼顾四面八方的共同利益。所以,你还是去吧,这些痛苦的损失已经使我心力劳瘁了,恐怕明天身上都剩不下一磅肉给这个放债的吸血鬼了。那好,狱监,走吧,上帝保佑,只要巴萨奥明天能来亲眼看到我还清了他的债务,别的也就无所谓了。(同下。)

# 第 三 幕

## 第四场
## 贝蒙特。玻西娅家。

（玻西娅、洛朗佐、洁西珈，及玻西娅的仆人波尔萨上。）

洛朗佐　夫人，不是我当面说恭维话，你的确有高人一等、不同凡响的眼光。与生俱来、真心实意的感情，表现在对待新婚后的别离上。如果你知道你割舍了新婚的欢乐去救助一个怎样的好人，他是你的夫君多么热爱的好友，那么，我想得到：你会感到的自豪真是只可意会、难以言传的了。

玻西娅　我从来没有后悔过为别人做过的好事，现在当然更加不会；因为值得在一起花时间谈话的人，一定是心灵相通，爱好相同，在个人历史上，在对人对事的态度上，在做人做事的精神方面，都会有不言而喻的相似之处；既然这位安东奥是我夫君的心腹知交，那他和我夫君当然是一类人了。既然如此，为了把一个受苦受难的心灵从残酷的地狱中救出来，只花费了微不足道的代价，那又何乐而不为呢？这听起来已经有点像在自我吹嘘了，还是不必多说吧。我们来谈点别的事情。洛朗佐，在我夫君回来以前，我要把家庭的事务都委托你代劳了。至于我自己呢，因为我曾私下对天许愿：在我的夫君回来之前，我要过着圣女般的祈天救人的生活，在妮莉莎一个人的陪同下，住到两哩外的一个修道院里去。我非常希望你不会拒绝我这个请求。这不仅是我个人的愿望，也是事实的需要。只好多多麻烦你了。

洛朗佐　夫人若有什么吩咐，我哪里会有什么不乐意从命的呢？

玻西娅　我的家人都已经知道了我的决定。他们都会

|      | 把你和洁西珈当作我和我的夫君巴萨奥一样看待。现在，再见了，等我们回来再谈吧。 |
| --- | --- |
| 洛朗佐 | 希望你的好心好意会让你过得快快活活。 |
| 洁西珈 | 希望夫人过得称心如意！ |
| 玻西娅 | 谢谢你们的好意，衷心祝愿你们愉快，再见吧，洁西珈！ |

（洁西珈和洛朗佐下。）

现在，波尔萨，你忠实可靠，希望你能始终如一。

（把信交给波尔萨。）

尽快把这封信送去巴杜亚，亲手交给我的表哥白拉肖博士，无论他把什么样的服装给你，你都要尽快把服装带回，坐上渡船到威尼斯港口来。不要多费口舌，我会先到威尼斯等你的。

| 波尔萨 | 我会尽快照办。（下。） |
| --- | --- |
| 玻西娅 | 来吧，妮莉莎，我手头还有你不知道的事要办呢。我们要在夫君们还没想到的时候就见到他们。 |
| 妮莉莎 | 他们会见我们吗？ |

玻西娅　当然会，不过，我们的穿着打扮会使他们大出意外。我敢打赌，我一穿上男装保证比你漂亮，我的佩刀也会有丈夫气概，说起话来会像个介于青壮年之间的小伙子，走起路来慢步也会变成大步，既会吹牛又会说谎，说多少富家女子为我坠入爱河，受到拒绝，一个个香消玉殒。我当然不能无动于衷，于是后悔不该害了她们。我要撒二十个这样的谎话，男人听了也要诅咒发誓，说我一年总有十二个月是恋爱学校的高才生。我心里还有一千个吹嘘的妙计，一说就不可收拾呢！

妮莉莎　怎么，我们要变成男人或男人一样的玩物吗？

玻西娅　去你的吧！这还用得着说？假如你碰到一个好色鬼怎么办？来吧，等我们上了马车，我再一五一十地告诉你，马车就在公园门口；不要耽误时间让它等候，

今天还有二十哩路要走。

（同下。）

# 第 三 幕

## 第五场

### 贝蒙特。一个花园。

（丑角朗斯洛和洁西珈上。）

朗斯洛 的确，说得不错；你看，父亲的罪过要落到子女头上了。所以，我老实告诉你，我在为你担心。我向来对你是实话实说的，所以，我现在老实告诉你我担心的事。因此，快活起来吧，因为我认为你已经走投无路了。不过，还有一线希望，这个希望对你也许还有用处，但也只是个见不得人的渺渺茫茫的希望。

洁西珈 那是什么希望呢？你就说吧。

朗斯洛 天哪！你只有死不要脸地希望你不是——你

不是你父亲生的女儿。

洁西珈　这的确是死不要脸！因为这样一来，罪过就要落到我母亲的头上了。

朗斯洛　说得不错，我怕你父母的罪过都要落到你头上了。你不是跟着父亲去触礁，就是跟着母亲掉下漩涡，两面都讨不了好。

洁西珈　幸亏我的丈夫可以救我。他使我成了基督教的人了。

朗斯洛　说得不错，但那就更该死了。世界上基督教的人已经太多，吃牛肉的犹太人成了吃猪肉的基督徒，猪肉不就要涨价了吗？基督教人越多，猪肉就会涨得越高，越会漫天要价了。

（洛朗佐上。）

洁西珈　朗斯洛，我要把你说的话告诉我丈夫。看，那不就是他来了。

洛朗佐　朗斯洛，要是你这样亲热地和我的妻子说私话，可要惹起我的妒忌了。

洁西珈　不，洛朗佐，不用担心，朗斯洛和我不是说私话，他说上天不会原谅我的罪过，我是个犹太人的女儿，又说你让犹太人入基督教也对大家不利，因为这会使猪肉大大涨价。

洛朗佐　和犹太人结婚总比把黑人女儿的肚子搞大了好得多吧！那个摩尔人的肚子不是你搞大的吗？

朗斯洛　假如摩尔人是个正经人，那自然不消说。如果她只是个下流货，那我还把她抬高了呢。

洛朗佐　怎么，傻瓜也会玩弄字眼了！我看，聪明人都不再开口，七嘴八舌说好话的就只有八哥了。去吧，老兄，要他们准备好用膳吧。

朗斯洛　已经准备好了，他们的肚子也要用膳呀。

洛朗佐　那就要他们准备晚餐吧。

朗斯洛　晚餐也准备好了，你只消说"摆上桌来"就行。

洛朗佐　那就摆上桌来，好不好，老兄？

朗斯洛　那也不行，先生，因为那不是我的职责。

洛朗佐　不要再玩弄字眼、卖弄聪明了！还是实话实说吧。去对伙计们说：摆好餐桌，端上肉来，我们要用膳了。

朗斯洛　先生，餐桌会端上来，肉会摆好，至于你们用膳不用膳，就由你们自便了。(下。)

洛朗佐　傻瓜多么会玩弄字眼啊！多少高高在上的傻瓜还不如他们，会把事情搞得一塌糊涂呢。洁西珈，你怎么样？亲爱的，请告诉我你对巴萨奥夫人的看法好吗？

洁西珈　简直无话可说。巴萨奥公子得到了夫人，的确是在人间乐园过着天堂的生活。不但是在人间，即使是在天堂，也很难找到可以和她相提并论的绝代佳人了。

洛朗佐　我这样的丈夫不能和她那样的夫人相比吗？

洁西珈　你得先听我的看法。

洛朗佐　那我们还是先用膳吧。

洁西珈　不，等我胃口好的时候就讲。

洛朗佐　还是边吃边谈好，随便你说什么，我都可以消化的。

洁西珈　那好，你就等着听吧。(同下。)

# 第四幕

## 第一场

## 威尼斯法庭

（公爵、威尼斯要人、安东奥、巴萨奥、葛夏诺、索拉辽等上。）

公　爵　怎么？安东奥来了吗？

安东奥　来了，大人，我来悉心听命。

公　爵　你真使人为你感到难过。你碰上的对头是一个心肠像石头一样硬、没有一点人性的坏家伙，他不懂得什么是同情，心里没有一丝一毫一丁点的仁慈感。

安东奥　听说大人已经尽力纠偏，要纠正他粗暴的做法，但是他顽固地不肯让步，没有任何合法的手段能使我摆脱他残暴的铁腕，我只好用耐性来对抗他的暴怒，已经准备好平心静气地忍受他狂暴的对待了。

公　爵　去一个人叫犹太人到法庭来。

索拉辽　他已经在门口等候了，大人，他立刻就会进来。

（夏洛克上。）

公　爵　让他站在我的对面。夏洛克，大家都认为，我也这样想：你表面上看起来不怀好意，其实到了关键时刻，大家都认为你会宽宏大量，甚至出人意外地流露出后悔心情的；你怎么会表现得这样残忍，要割下一个大商人的一磅肉来？我们以为你不但会放宽你的处罚，甚至还会流露出慷慨大方的心情，反而会放弃一半原来的要求，显示出对受害者的同情，取消一些挤压得一个鼎鼎大名的富商都喘不过气来的条款。只要同情他受到无情灾难和狠心命运的粗暴打击，即使是没有受过文明教育的野蛮人也不会无动于衷而有所改变的。所以，犹太人，我们希望得到你好心好意的回答。

**夏洛克** 我已经得到了大人对我请求的恩准,并且在我们神圣的犹太教会起了誓,一定要执行我们签订了的合约,得到合法的赔偿。如果大人改变初衷,那就会使威尼斯的法律处于不利的地位,使威尼斯是不是自由城邦也成了问题。你问我为什么要从人的躯壳中割下来一磅肉而不要三千金币?我不回答这个问题。只说这是我的脾气,这能不能解决问题呢?如果我家里有老鼠捣乱,我高兴拿出一万金币来把它赶走,那有什么不可以的?这样回答可以了吗?有人不喜欢听猪喘气,有人看到猫捉老鼠会害怕,有人听见吹笛子会屁滚尿流,各人支配感情的感觉不同,所以喜怒哀乐也不相同。现在,我来回答你的问题:既然猪喘气,猫捉老鼠,笛子咿咿呀呀没有什么叫人受不了的,那何必动感情呢?人家得罪了我,我何必再得罪自己?安东奥得罪了我,我不肯再得罪自己,就来打这场损人不利己的官司了。这样回答可以了吗?

巴萨奥　这不能算是回答,你这个没有感情的犹太人,这怎能让人宽恕你这样残酷的行为呢?

夏洛克　我没有必要让你喜欢我的回答。

巴萨奥　你不喜欢什么,就要毁了什么吗?

夏洛克　你恨什么,难道不该毁掉什么吗?

巴萨奥　初次冒犯并不会引起仇恨。

夏洛克　怎么?毒蛇咬了一次,难道还要让它再咬第二次?

安东奥　巴萨奥,请你记住:和犹太人谈话,就像在海滩上对浪高如山的大海呼喊,请它不要这样汹涌澎湃,或者求恶狼不要咬得小羊呼天抢地。你还不如去求高山顶上的松树不要迎风飞舞,或者设法把世界上最坚硬的东西变成最柔软的——世上还有比这更难的事么?——那就只有软化犹太人的心了。因此,我求求你不要低三下四地请求犹太人发善心了,还不如简单明白地随他的便,让我去接受审判,让他为所欲为吧!

巴萨奥　你只欠他三千金币。这里还他六千。

夏洛克　即使你的六千金币中,每一个都变成六万,我也不会接受；我只要按照合约办事。

公　爵　你这样没有慈悲心，怎能希望别人慈悲对待你呢？

夏洛克　我没有做坏事，怕什么法院的制裁？你们买了多少奴隶把他们当作骡马猪狗使唤，做着低级下贱的工作，只因为他们是你们买来的奴隶。我能不能要求你们给他们人身自由，让他们和你们的子孙后代结婚？他们为什么要忍辱负重？为什么不能和你们一样睡上柔软的床铺，吃味道鲜美的肉食？你们会回答说："因为他们是我们的奴隶。"那好，我也可以一样回答你们：我要割下他身上的一磅肉，也是花了很多钱买来的，那是属于我的，所以我要把肉割下来。如果你们不让我割，那就让你们的法律见鬼去吧！威尼斯还要法律干什么用呀！我要求公平的审判，请回答我：我能得到公平的对待吗？

公　爵　我已经请著名的律师白拉肖博士来审理这个问题，在他未到之前，我有权决定法院是否延迟开庭。

索拉辽　大人，外面有个从巴杜亚来的信使，带着白拉肖博士的信来了。

公　爵　把信拿来。叫送信人进来！

巴萨奥　太好了，安东奥！你怎么这样没劲呀？放心吧，我宁可让犹太人得到我的血肉骨头，也不能让他要你为我流一滴血。

安东奥　我是羊群中的病羊，当然应该比别的羊早点离开世界。成熟得发软要烂的果子自然会先落地，所以让我先走吧！巴萨奥，你当然应该好好活着，还可以好好地为我写一篇墓志铭呢。

（妮莉莎扮律师助手上。）

公　爵　你是白拉肖律师从巴杜亚派来的吗？

妮莉莎　是的，白拉肖博士向大人致敬。（呈上书信。）

巴萨奥　你怎么这样认真磨刀呢？

夏洛克　破了产的人让我割肉呀。

葛夏诺　你这不是刀出鞘，而是灵魂出了窍。——哪一个刀斧手有你这样狠毒的心肠，随便什么劝说都听不进去呢？

夏洛克　动听的劝说能让我出了这口气吗？

葛夏诺　你这该死的狗东西，让你活着，真使我怀疑世上还有没有公道。你使我的信心都动摇了，使我相信禽兽死后也会投胎变成人的模样。你的狼心狗肺不就说明你是一只披着人皮的豺狼吗？豺狼吃人而被吊死，狼子野心却从绞刑架上溜了下来，钻进了你娘来路不明的胎心里，所以你还在娘胎里就是狼心狗肺，嗜血成性，如饥似渴一般贪得无厌的了。

夏洛克　你这样胡说八道能够把合约中的签章说得无效吗？

你的大声疾呼不过是和你自己的肺过不去而已。放聪明点吧，小伙子！不要闹得到了不可收拾的地步，那就后悔也来不及了。我只要法律说公道话。

公　爵　这封信是白拉肖律师请一个年轻好学的法律博士带到法院来的吗？博士来了没有？

妮莉莎　他正等候您传唤呢。

公　爵　非常欢迎。你们去几个人恭请他光临法院。

现在，我们来听听白拉肖信上怎么说的。

（书记读信。）"公爵大人台鉴：尊函收到时，不才正犯小恙，适逢鄙友巴萨沙自罗马来。巴君乃青年博士，因与谈及犹太人及安东奥事，并共参阅多书，交换意见，取得一致，巴君学富识广，补我不足。（此处纸短，不能长谈。）适蒙大人召唤，因请巴君代我一行。以其年富力强，青年胜过高年，新学增进旧学。敬希大人用其所长，必当不负重托也。"

（玻西娅饰巴萨沙，着法学博士装上。）

公　爵　你们听听我们博学的白拉肖博士是怎么说的，我看，来的不是别人，就是这位胜过高年的青年博士。让我们握手吧。你是代替我的老朋友白拉肖来的了。

玻西娅　是的，大人。

公　爵　非常欢迎。请就位吧。你知道法院正在讨论的问题分歧在什么地方吗？

玻西娅　我完全了解这一场官司。哪一位是大富商？哪一位是犹太人？

公　爵　安东奥和老夏洛克,你们两个站到前面来!

玻西娅　你的名字是夏洛克吗?

夏洛克　夏洛克就是我的名字。

玻西娅　你们这场官司很特别。但是根据威尼斯的法律,官司是可以打下去的。(问安东奥。)你现在有危险了?

安东奥　是的,他是这样说的。

玻西娅　你承认这合约吗?

安东奥　我承认。

玻西娅　那就要看犹太人肯不肯行善了。

夏洛克　我为什么要行善呢?你能告诉我吗?

玻西娅　行善是不能勉强的,就像天要下雨地会湿一样,是对双方都有好处的,对别人做好事也是对自己做好事,比国王头上戴的王冠还更好。王冠王笏不过表示国王一时一地的权力,使人尊敬,使人害怕。行善却比国王手中的王笏要高一等,它是国王心中的王笏,不但是地上君王的宝物,而且是天神对人恩赐的无价之宝。因此,行善比公道更重要,因为它使凡人上升到天神左右了;因此,犹太人，虽然你的要求是合乎公道的，但要想到：如果你所要求的公道不是行善，那你的灵魂就不会升天得救。所以我们要为行善而祈祷，祈祷我们要做善事、好事。我说这些，是希望你要求公道时，不要忘了行善，如果你行善的话，威尼斯法院一定会严格执行法令，惩罚违法商人的。

夏洛克　我做的事应该落在我头上！我只要求执行法律，根据合约定罪处罚。

玻西娅　他还不起你的债吗？

巴萨奥　不是。我可以在这里当众替他还债，对，而且可以还三倍的钱。如果三倍不够，我还可以还他十倍，并且用我的手、我的头、我的心来做保证。如果这还不够，那看起来就不像是真心实意，而是用心险恶了。那我能不能请求你们运用权力，纠正法律的偏差，为了做一件大好事而稍微圆通一下，来阻止一个恶毒的歹徒实现他的阴谋呢？

玻西娅　不行，威尼斯没有权力能够改变成文的法律，这次不能成为一个先例。否则，这样演

|||变下去，只要有例可循，违法乱纪的事就会相继而来，一发不可收拾了，所以要防患于未然。

夏洛克　你真是一个天才法官再世了！真是天才！年轻有为的法官，你多么令人崇敬！

玻西娅　请你给我看看合约。

夏洛克　合约就在这里。令人景仰的博士，这就是合约。

玻西娅　这里是他们还你借款的三倍。

夏洛克　我发过誓，我发过誓，我对天发过誓！我怎能违背灵魂的誓言呢？不行，即使把威尼斯送给我也不行。

玻西娅　那么，根据合约规定的处罚，犹太人可以合法地得到从商人的心口割下来的一磅肉。做做好事，行行善吧，接受三倍的借款；允许我把合约撕了。

夏洛克　等到债务还清之后再说。你看起来是个好样的法官；你懂得法律，你的解释很有道理。既然你是法律界名不虚传的栋梁人才，那我就要求你按照法律程序进行了。我用我的灵魂起誓，无论世界上什么人说的话都不能改变我的要求。我坚决要求执行我的借约。

安东奥　我也衷心希望法院做出判决。

玻西娅　那你就得准备接受他白刀子进、红刀子出了。

夏洛克　啊，崇高的法官！啊，了不起的年轻人！

玻西娅　合约中惩罚的方法并不违反法律的规定。

夏洛克　说得对。啊，又聪明又正直的法官！真看不出你这样年轻，见识却又这么高深！

玻西娅　（对安东奥）那么，露出胸脯来吧。

夏洛克　露出胸口，合约上是这么说的，不是吗？就在"心口"，这是合约上用的字。

玻西娅　不错。有没有称肉的天平？

夏洛克　我已经带来了。

玻西娅　还要请个医生。夏洛克，费用要由你出，免得出现流血而死的事。

夏洛克　合约上这么说了吗？

玻西娅　合约上没有这么说，但是那有什么关系？为了行善，你也应该做好事呀。

夏洛克　我找不到，合约上没有这句话呀。

玻西娅　商人，你来，有什么话要说吗？

安东奥　我要说的不多，已经准备好了。巴萨奥，我们握手告别吧。不要因为我落得这个下场而难过。命运女神已经是格外开恩了，她的习惯总是让可怜人活得比他的财产更长久，愁眉苦脸地看到自己贫穷的时候，我却免得活受罪了。请代我向你的新夫人问好，告诉她安东奥的官司已经结束了。我们生前多么要好，我死了也没有什么后悔，你可以惋惜失去了一个好朋友，我却觉得为一个生死之交还了债，虽然失去了生命，也并没有什么遗憾。只要犹太人一刀深入我的心口，我就立刻还清了他的债务。

巴萨奥　我的新夫人对我就像生命一样宝贵，但是生命，夫人，甚至全世界，对我说来，都不如你的生命贵重。为了救你，我不惜一切牺牲，这个恶魔要什么，就让他拿什么去吧。

玻西娅　你的夫人如果就在这里，听见你这样把她送给魔鬼，恐怕不会感谢你吧。

葛夏诺　我也有个妻子，我敢说我非常爱她，但是我也希望她能升天去禀告神明，要这只犹太疯狗革面洗心。

妮莉莎　幸亏你是背着你的妻子说这番话的，如果她在现场，恐怕就要闹得天翻地覆了。

夏洛克　（旁白）基督教的丈夫就是这样对妻子的！我有一个女儿——我宁愿她嫁一个毛贼也不要嫁基督徒！——
我们在浪费时间了，请你继续宣判吧。

玻西娅　商人的一磅肉归你了，这是法院根据法律做出的判决。

夏洛克　真是大公无私的法官！

玻西娅　你一定要从他的胸口割下肉来，这是法律所允许的，也是法院的裁决。

夏洛克　法官真有学问！这才是个判决。来吧，准备动手吧！

玻西娅　等一等，还有话要说呢。合约上没有说给你一滴血，文字清楚明白地说的只是一磅肉。因此，按照合约进行，只能割他的一磅肉，但割肉的时候要是流了基督徒一滴血，那就是谋财害命，按照威尼斯的法律，你的土地财产都要没收充公。

**葛夏诺** 啊，正直的法官！听着，犹太人，真有学问的法官！

**夏洛克** 法律是这样规定的吗？

**玻西娅** 你自己看看条款好了。你不是要求公道吗？这比你要求的还更公道吧？

**葛夏诺** 啊，有学问的法官，听见没有，犹太人？真有学问的法官！

**夏洛克** 那我还是接受罚款算了。按照合约三倍付款，我就放走基督教这个人了。

**巴萨奥** 这里是现款。

**玻西娅** 且慢！要给犹太人公道！听我说，不要忙！犹太人只能得到罚给他的东西。

**葛夏诺** 啊，犹太人！一个正直的法官，真有学问的法官！

**玻西娅** 现在，你准备割肉吧，但是不许流一滴血。肉也不能多割或者少割，就是恰好一磅，在天平上称起来不重不轻，不允许有二十分之一的偏差，如有偏差，你就要判死刑，没收全部财产。

葛夏诺　真是个天才法官再世了！犹太人，真是个天才的法官！现在，坏家伙，你活该倒霉了。

玻西娅　犹太人为什么还不动手？不拿走罚给你的东西？

夏洛克　把我的本钱还我，让我走吧。

巴萨奥　钱已经准备好了，就在这里。

玻西娅　他已经在法庭公开拒绝接受三倍债款，所以现在只能根据合约给他公道。

葛夏诺　一个天才的法官，我还要说一遍，真是天才的法官再世！犹太人，谢谢你告诉我这个字眼。

夏洛克　难道我只要回我的本钱也不行吗？

玻西娅　犹太人，你除了冒险去割一磅肉，什么也得不到。

夏洛克　那好，让魔鬼把好处都给了他吧！我不再打这场官司了。

玻西娅　等一等，犹太人，法律还有一条和你有关。威尼斯的法律规定：外地人如有意图直接或间接谋害本地公民的生命，一经证实，他的半数财物应归受害人所有，另一半没收上缴国库，他的生死问题由公爵亲自决定。现在，根据案情判断，这条法令对你完全适用，因为你显然直接又间接地要谋害人命，所以我正式认定你犯下了谋害生命的危险罪行。现在，跪下请求公爵开恩吧！

葛夏诺　请求开恩把你吊死吧，但是你的钱财已经没收，连买绞索的钱都没有。那么，吊死你的费用都要由公家来开销了。

玻西娅　安东奥，你能为他做什么好事呢？

葛夏诺　一根免费的绞索。不能再多了，这还是看在上帝的分上。

安东奥　如果公爵大人和全法庭都恩准减免没收他的家产，那我很高兴把他给我的另一半财物在他死后归还最近和他女儿一同离开家庭的女婿。不过，还有两个附带条件：一是要他立刻改信基督教；二是要他在法庭当众立案，将他的遗产移交给他的女儿和女婿洛朗佐。

公　爵　他一定要照办，否则我也要取消刚刚恩准他的特赦了。

玻西娅　你满意了吗，犹太人？还有什么话要说没有？

夏洛克　我满意了。

玻西娅　书记，写好赠送遗产的文契。

夏洛克　我请求你们让我离开法庭吧。我不舒服，文契写好了，请送到我家里来，我会签字的。

公　爵　你去吧，文契一定要签啊。

葛夏诺　改信基督教需要两个教父。如果我是法官，还要给你增加十个，组成一个陪审团，送你上绞刑架去。

（夏洛克下。）

公　爵　（对玻西娅）博士先生能否光临爵府用餐？

玻西娅　敬请公爵大人原谅，我今夜就要回到巴杜亚去，看来现在就要准备动身了。

公　爵　既然时间不容许你久留，那就只好简慢失礼了。安东奥，你要好好陪同博士先生。在我看来，你这场官司多亏有了他啊。

（公爵一行人下。）

巴萨奥　尊敬的博士先生，多亏了你的智慧才华，才使我和我的朋友今天摆脱了这场令人寒心的处罚。为了略表我们的谢意，这本来准备赔偿犹太人的三千金币，不知可否献上，以报万一？

安东奥　你对我们尽心尽力，实在使我们难以回报。

玻西娅　事情做得令人满意，本身就是回报。我只帮了你们一点小忙，自己觉得心满意足，这就是很大的回报了。

我的内心是从来不在乎金钱的。希望我们下次见面，你们还认识我。祝你们好，我现在要告辞了。

巴萨奥　亲爱的博士，我还想勉强你一件事：既然你不在乎金钱，就请接受我一点纪念品吧。请你接受两样东西好不好？——千万不要拒绝，还要请你原谅。

玻西娅　既然你情真意切，那就恭敬不如从命吧。请把你的手套给我，我可以戴上作为纪念。

（巴萨奥脱下手套。）

请把那个戒指给我，我可以记住你的热情。你怎么把手缩回去啦？别的我就不再要了。你既然要表示热情，就请你不要拒绝把戒指给我吧。

巴萨奥　这个戒指么？我的好博士，这只是一个微不足道的小玩意，我怎么好意思送你呢？

玻西娅　你这样说，我倒别的都不要，只要戒指了。

巴萨奥　这个戒指的价值不在它的价钱。威尼斯最贵的指环我都可以买来送你，只有这个指环不行，请你原谅。

玻西娅　我看出来了，先生，你答应得很慷慨，先要我向你乞讨，后又教我如何打发一个乞丐。

巴萨奥　好先生，这个戒指是我妻子给我的。她给我戴戒指时，就要我发誓不把它出卖，或者送人，或者遗失。

玻西娅　多少人舍不得送的礼物都会找这样的借口啊。如果你的妻子不是疯子，知道了我对你帮的忙，送一个戒指并不算过分，恐怕不会因此把我当作冤家对头吧。那好，只要你怎样心安理得，你就怎样做好了。

（玻西娅同妮莉莎下。）

安东奥　巴萨奥，我的好朋友，把戒指送他吧。我觉得你不能说他帮我们的大忙不配得到这个戒指，你夫人知道了也不会见怪的。

巴萨奥　葛夏诺，请你快去追上他，并把戒指送去，如果有可能的话，请他们到安东奥家来。去吧，赶快！

（葛夏诺下。）

现在，我们两个要赶快在明天一早赶到贝蒙特去。走吧，安东奥！（同下。）

# 第 四 幕

## 第二场

## 威尼斯街上

（玻西娅及妮莉莎着男装上。）

玻西娅 打听犹太人住在哪里，快把文契给他。要他签字。我们今夜就要回去，比夫君早一天到。

（把文契给妮莉莎。）

洛朗佐得到文契可要喜出望外了。

（葛夏诺上。）

葛夏诺 好法官，总算赶上你了。我们的巴萨奥先生听了劝告，要我把戒指送来了。

（给戒指。）

并请和我们一同用餐。

玻西娅　用餐就不必了。戒指我可收下，并请代为道谢。犹太人住在哪里？请告诉我的同伴好吗？

葛夏诺　那当然可以。

妮莉莎　老兄，我还有话要对你说——

（对玻西娅）看看我能不能也把戒指要来，虽然那也是我要他发誓永远保存的。

玻西娅　（对妮莉莎）你当然可以。我们又可以要他们发誓，他们一定会说是给了男人，我们就可以丢他们的面子了。赌咒发誓，我们也不比他们差啊。

（大声）——你快去吧，你知道我在哪里等你。

妮莉莎　走吧，老兄，请你带路好吗？

（同下。）

# 第 五 幕

## 第一场

### 贝蒙特。玻西娅家园地

（洛朗佐、洁西珈同上。）

洛朗佐　在这清风悄悄吻着绿叶的月明之夜，特洛亚的英雄登上城楼，怎能不唉声叹气，思念他在希腊敌营中的情人呢？

洁西珈　在这样的夜里，西施贝错把露水看成情人的眼泪，以为他葬身狮口，结果两人却双双自尽了。

洛朗佐　在这样的夜里，迦太基的狄托王后站在怒涛汹涌的海边，挥舞手中的柳枝，等待她的情人再到迦太基来。

洁西珈　在这样的夜里，美狄娅采到了有魔力的香草，使得到金羊毛的老杰逊死里逃生了。

洛朗佐　在这样的夜里，洁西珈偷了有钱的犹太父亲的财宝，毫不吝惜地和她的情郎远离故土，从威尼斯逃到了贝蒙特。

洁西珈　在这样的夜里，年轻的洛朗佐发誓爱他的情人，用甜言蜜语骗走了她的灵魂，但没有一句话是真心的。

洛朗佐　在这样的夜里，美丽的洁西珈像个小精灵在用细嘴薄舌说她情人的坏话，但是他却并不怪她。

洁西珈　要是没有人来，我要一夜都把你说得面目全非了。但是你听，我觉得有脚步声。

（斯特诺上。）

洛朗佐　在这静悄悄的深夜里，谁来得这样急急忙忙？

斯特诺　一个自家人。

洛朗佐　自家人？哪一家的？你叫什么名字？请告诉我，自家人！

斯特诺　我是家人斯特诺，我家女主人天不亮就要回到贝蒙特来了，但她一路上看到有十字架的神龛就要跪下祈祷，感谢幸福的婚姻生活，所以还没有到。

洛朗佐　有谁和她同来？

斯特诺　一个传道说教的隐士和她的女侍。请问我家主人回来了吗？

洛朗佐　他还没有回来，我们没得到他的消息。不过，洁西珈，我们进去吧。要一起准备欢迎女主人回家了。

（丑角朗斯洛上。）

朗斯洛　猎狗，快跑！哎，哈，嗬！快跑，快追！

洛朗佐　谁在打猎呀？

朗斯洛　快跑，你看见我家小主人洛朗佐没有？快跑，快跑！

洛朗佐　不要跑了，小驼子，就在这里。

朗斯洛　跑呀！在哪里？在哪里？

洛朗佐　就在这里。

朗斯洛　请你告诉他我家主人派人送信来了，送信人的号角里带来的好消息可多着呢。我家主人一早就到。（下。）

洛朗佐　温存体贴的心上人，我们进去等待他们回来吧。何必多此一举跑进跑出呢？自家人斯特诺，请你进去对大家说：夫人就要回来了，让你们的音乐美化家中的气氛吧。睡在河岸上的月光对我们多么温存体贴，我们就坐在月光中，让音乐之声把我们的耳朵软化吧。一片静寂的夜色多么适宜奏出温柔多情的乐声啊！坐下来吧，洁西珈，瞧天上的云彩镶上了金边。没有一颗你看到的小星星不在闪烁出天使的美妙歌声，加上小安琪儿的伴奏，真是此曲只应天上有，我们泥土化身而成的凡人哪能听到几回呢！

（众乐师上。）

嗬，来吧，用你们的赞歌来唤醒月中女神吧！用最甜美的乐声来浸润你们女主人的耳朵，用最有魅力的音乐来欢迎他们回家吧。

（奏乐。）

洁西珈　我一听到甜美的音乐就不免悲从中来。

洛朗佐　那是因为你的感情已经飞到九霄云外去了，就像一群野性未驯的小马乱蹦乱跳、高声嘶叫一样，那是血气沸腾、无力控制的结果。

只要一听到号角声或动听的音乐，它们就会站住，竖耳驻听，眼中的野性也被音乐的魅力驯化了。所以，诗人的音乐可以软化坚不可摧的磐石，绿化满山遍野的树荫，静化怒涛澎湃的海潮。一个人心中没有乐感，或者不受甜美音乐的感动，就容易做出坏事，他的心灵就像黑夜一样深沉，他的感情会像地狱一样阴暗，这种人千万不可信任。听！乐声响了。

（玻西娅及妮莉莎上。）

玻西娅　我们看见的火光是从我家院子里发出来的，一根小小的蜡烛却能发射出多么遥远的光线。没想到做了一件小小的好事却能影响到五花八门的世界啊。

妮莉莎　但是月光一出现，烛光就看不见了。

玻西娅　伟大的胜利会使小小的胜利黯然失色。国王不在国内，摄政王也显得有王家气派，但国王一回来，摄政王就空空如也了，就像小溪流入大海，立刻无影无踪一样。听！音乐又响了。

妮莉莎　夫人,是家里传来的音乐。

玻西娅　没有比较就分不出好坏,比起大白天来,夜里的乐声就显得更悠扬了。

妮莉莎　这是因为夜里寂静无声的缘故。

玻西娅　如果没有人听,乌鸦叽叽嘎嘎的胡喊乱叫和百灵鸟唧唧啁啁的甜言蜜语,不是一样自得其乐吗?假如夜莺在白天歌唱,她的歌声和聒噪的鹅叫混在一起,那谁会说她唱得比鹪鹩更好听呢?多少利害得失都受到天时地利环境的影响,如果阴差阳错,就可能会面目全非。不多说了,月中女神正和她的情郎打成一片,难解难分呢!不要惊破了他们的好梦!

(音乐声断。)

洛朗佐　如果我没听错的话,这是玻西娅的声音。

玻西娅　瞎子听见"不如归去"也知道是杜鹃在唱歌,你当然听得出我回家的声音了。

洛朗佐　欢迎夫人回家。

玻西娅　我们的千言万语都是祈祷夫君打赢这场官司,但愿我们没有浪费心机口舌。他们回来了吗?

洛朗佐　夫人,他们还没到家,不过已经派人先来通知:他们就要来了。

玻西娅　进去吧,妮莉莎,告诉家里人不要声张我们离家的事,你也不要说,洛朗佐;洁西珈,你也一样!

(喇叭声响。)

洛朗佐　你的夫君回来了,我听到了喇叭声。我们不是散播流言蜚语的人,不会随便说话。夫人请放心吧。

玻西娅　我看今天夜晚就像是白天的病容,大白天没有日光,看起来也就是这个样子。

(巴萨奥、安东奥、葛夏诺及随从上。)

巴萨奥　世界也有阴阳两面,我们今天像在没有阳光的阴面。

玻西娅　让我送光来吧,但我不能像光那样轻浮,否则,丈夫就要心情沉重了。至少,我不能让巴萨奥担心。但是,老天恐怕自有安排。欢迎你回家来,夫君!

巴萨奥　谢谢夫人。欢迎我的朋友安东奥吧!我就是欠了他无限的恩情啊。

玻西娅　无论从哪方面说，你欠他的都太多了，就我所知道的，他还为你受了不少罪呢。

安东奥　我受的罪已经都一笔勾销了。

玻西娅　非常欢迎你到我们家来。表示欢迎不是空洞的语言做得到的，所以我就避虚求实吧。

葛夏诺　（对妮莉莎）天上的月亮照得见我的心。我敢发誓你是冤枉我了。凭天理良心说话，我把戒指给了法官的书记，我的好人，既然你心里把它看得那么重，我真恨不得要那个戴上戒指的人受上阉割的刑罚呢！

玻西娅　瞧，怎么才见面就吵起来了？为了什么事呀？

葛夏诺　为了一个金箍子，一个她给我的金指环。上面有磨刀师傅刻的一句老话："爱我不离手！"

妮莉莎　你说什么？老话？我把戒指给你的时候，你怎么赌咒发誓的？说什么等到你死，戒指都不会离手，死了也要和你一起葬在坟墓里。即使不是为我，为了你自己发过的誓言，你也该把戒指留在手上呀。怎么能送给一个法官的书记呢？我想，那个书记的脸上恐怕没有长胡子吧！

葛夏诺　只要他长大成了人，就会长出胡子来了。

妮莉莎　那要女人会变成男人才行呢。

葛夏诺　我用这只手起誓，戒指没给女人，是给了一个青年小伙子，个子不高，和你差不多吧，是法官的书记。他唠唠叨叨要戒指作报酬，我怎么好拒绝呢？

玻西娅　这就是你的不对了——我不得不老实告诉你——怎么能把你妻子给你的第一件礼物轻易地送人呢？这是你发过誓要永远戴在手上的啊。我也给了我亲爱的夫君一个戒指，并且要他发誓永远不让戒指离手，他不就在那儿吗？我敢发誓，即使你拿全世界的财富来买他那个戒指，他也不会出卖的。所以，说老实话，葛夏诺，你对不起你的妻子。要是这种事落在我头上，我恐怕会发疯的。

巴萨奥　这可不得了，我还不如为了戒指让人砍断胳臂呢！

葛夏诺　我家的巴萨奥也把戒指给了法官，因为他不要别的，偏偏只要他的戒指。而老实说，他的确是配得到戒指的。所以他的书记，那个卖力写文书的年轻小伙子，就也向我要戒指了。

玻西娅　夫君，你给了他什么戒指呀？但愿不是我给你的那一个吧。

巴萨奥　如果要我先做错事，后又撒谎，那我就会说不是。但是现在你看看我的手指头，上面已经没有戒指了。

玻西娅　假心怎能说出真话？老天在上，不见戒指，我就不和你同睡一床了。

妮莉莎　我也一样。

巴萨奥　亲蜜的玻西娅，如果你知道我把戒指给了什么人，为了什么人才舍得送的，如果你能想象得到我是为了什么事情，多么难舍难分地才脱下戒指的，你就不会怪我了，因为他除了这个戒指以外，什么都不要啊。

玻西娅　如果你知道这个戒指起了什么作用，送戒指人多么真心实意，戒指能给你带来多少好处，你也就会和它难解难分了。哪有这样不讲道理的人，一定要别人依依不舍、念念不忘的东西？这东西对自己不过是礼节上的应酬品罢了。妮莉莎让我知道了：宁死也不要让丈夫把戒指给别的女人啊。

巴萨奥　不，我用人格担保，夫人，说真心实意的话，戒指没有给别的女人，只是给了一个法学博士。我要送他三千金币，他谢绝了，偏偏只要我的戒指，我也婉转拒绝了，使他失望而去。——但是，他救了我最敬爱的知心朋友的性命，我怎么说好呢？我亲密的夫人，我不能做一个忘恩负义的人呀！那是既不道德，又太可耻的了，所以我只好追上博士，把戒指送给他，表示感恩之情。请原谅我吧，我的好夫人。以今夜幸福的星光起誓，假如你当时在场，你也会要我把戒指送给这位有情有义的法学博士的。

玻西娅　不要让这个博士走进我的家门，既然他已经得到了我热爱的珍宝，就是你发誓永不离手的戒指，那我也要和你一样对他慷慨；他要

|  | 什么我都不会拒绝，哪怕是我的身体，我丈夫的床位，我要和他共度良宵；像百眼妖精一样盯住我吧，否则，只要你一夜不回家，我就不再守身如玉，要和博士同床共枕了。|
| --- | --- |
| 妮莉莎 | 我也要和他的书记同床。让你得到教训，不要丢下我一个人，让我人身没有保护。|
| 葛夏诺 | 那好，随你便，要是我抓到了那个书记，我要扼断他手中的笔和肚子下面的笔。|
| 安东奥 | 你们这样争吵，都怪我的不是。|
| 玻西娅 | 恩人，怎么能怪你呢？你是怎么欢迎都不过分的啊。|
| 巴萨奥 | 玻西娅，原谅我这次迫不得已犯下的错误吧。当着在场朋友们的面，我可以请他们作证，他们都亲耳听到，亲眼看见，（对玻西娅）——你也亲眼看见—— |
| 玻西娅 | 你说什么？我亲眼看见，我一只眼睛看见一个你，两只眼睛不是看见两个你，看见你的三心二意吗？你用三心二意来作证，叫我怎么信得过呢？|
| 巴萨奥 | 不，听我说，原谅我这次错误，我用灵魂起 |

誓，绝不会再违反我对你的誓言了。

安东奥　我曾为你丈夫借钱而抵押过身体，没想到要戒指的人又造成了你们夫妇之间的误解。现在，我也要用灵魂来担保你的丈夫绝不会再失信了。

玻西娅　那好，就请你来作保证人吧。(把戒指给安东奥。)请你把这个戒指给他，要他比上一次更好地保存吧。

安东奥　接住，巴萨奥兄弟！发誓要永远戴着这个戒指。

巴萨奥　天呀，这不就是我给博士的那个戒指吗？

玻西娅　对不起，巴萨奥，是博士给我的，我和他已经同床了。

妮莉莎　我也一样，好样的葛夏诺，请你原谅，就是这个博士不成人的小书记给了我这个戒指，昨夜我也和他同床了呢。

葛夏诺　怎么？这不是给夏天的林荫大道又铺上青草绿叶了吗？我们怎么糊糊涂涂就都戴上绿帽子了？

玻西娅　不要说粗话！你们都有点莫明其妙了吧？等

到读了这封信就会明白了。信是巴杜亚的白律师寄来的。扮法学博士的就是玻西娅,扮书记的就是妮莉莎。洛朗佐可以证明:你们一走,我也立刻动身;你们还没回来,我就已经进了家门。安东奥,非常欢迎你来。还有你意想不到的好消息呢!你拆开信看吧:你的三条货船都已经安全到港啦。你想不到我是多么意外地知道这个令人惊喜的大好消息的。

安东奥 我真是目瞪口呆了。

巴萨奥 怎么你就是那个法学博士,我却没看出来?

葛夏诺 你就是那个要我当王八的书记吗!

妮莉莎 书记不是男人,怎么会要你当王八呢?

巴萨奥 我亲蜜的博士,我要和你同床了。等我不在家时,你再和我的妻子同床吧。

安东奥 好夫人!你救了我一次命,现在又让我过新生活。因为信上告诉我:我的货船肯定已经安全上路了。

玻西娅 现在轮到你了,洛朗佐,怎么样?我的小书记也给你带来了使你心安理得的好消息呢。

妮莉莎　是的，我的礼物不收费用，是有钱的犹太人捐赠给你和洁西珈的一张特别文契：他死后的遗产都归你们所有。

洛朗佐　你们真是好天使，给饥饿的路人带来了充饥的食物。

玻西娅　已经快要天亮了，我敢肯定你们还想知道事情经过的全程。我们先进去吧，然后随你们问什么，我们都会老老实实告诉你们。

葛夏诺　那好，我要问妮莉莎的第一个问题是：
现在还有两个小时就要天亮，
她想不想上床，话留到明天讲？
我看白天来了并不比黑夜强，
因为我要和博士的书记上床。
我什么都不怕，甚至并不怕死，
只怕丢了妮莉莎给我的戒指。

（众下。）

2016年3月6日夜12时20分译完

# 译 后 记

2016年是莎士比亚逝世四百周年,也是汤显祖逝世四百周年。我把莎士比亚的六本悲剧译成中文:《哈梦莱》,《奥瑟罗》,《马克白》,《李尔王》,《罗密欧与朱丽叶》,《安东尼与克柳葩》,又把汤显祖的《牡丹亭》译成英文。莎剧和汤剧能不能做一个比较呢?简单说来,莎剧写了爱情和死亡,如《罗密欧与朱丽叶》,《安东尼与克柳葩》,爱情的结果都是死亡。汤剧《牡丹亭》写的却是爱情战胜了死亡,爱情甚至能够起死回生。王实甫的《西厢记》(五折本)写的也是有情人终成眷属。由此可以看出英国悲剧中的现实主义,中国古代戏剧中的理想主义。现在,我把莎士比亚的喜剧《威尼斯商人》译成中文,戏剧也写终成眷属的故事,但和死亡没有什么关系,如果要和中国古代戏剧比较,勉强可以找出京剧中的《武家坡》来。不过京剧中的波折是外在的，又远不如莎剧深刻。

分析莎剧，可以从四个方面进行：一是剧情，二是剧中人物，三是场景，四是语言艺术。

《威尼斯商人》的剧情，简单说来，就是三个盒子和一磅肉。三个盒子是女主角玻西娅的父亲遗留下来给女儿的求婚人选择的金盒、银盒、铅盒。三个盒子中有一个装着玻西娅的画像，选中了就可以和玻西娅结婚。威尼斯商人巴萨奥要来求婚，由好友安东奥担保向犹太富商夏洛克借了三千金币，到期不还要割安东奥一磅肉。巴萨奥求婚成功了。但安东奥却因为货船失事而不能如期还债，按照借约要割一磅肉给犹太人。夏洛克为什么要肉不要钱呢？因为他借钱给人重利剥削，而安东奥借钱给人却不要利息，反而痛骂盘剥的人猪狗不如，所以夏洛克恨之入骨，为了报复，甚至可以不要金钱，所以这个剧本的主题应该是义利之争了。这就是说，威尼斯商人重义轻利，为了友谊可以借钱不要利息，而犹太人却重利轻义，所以就引起了矛盾斗争，结果上了法庭。玻西娅女扮男装，代理律师，说割一磅肉不许流一滴血，这才救了安东奥的命，报了好朋友借钱不要利息的恩。

到了四百年后的今天，借钱几乎没有不要利息的，所以义利之争，性质似乎起了变化。倒是威尼斯商人和犹太商人之间的种族歧视，到了今天，在发达国家和发展中国家之间，变化大不大呢？不少人认为：夏洛克在第三幕第一场中说的话，如果稍加改动，在今天并没有失去现实意义：

> 难道犹太人没有眼睛吗？犹太人没有手脚，没有四肢五官，没有感觉，没有感情吗？不是吃一样的食物，不会受伤，不会生病，病了吃药不会恢复吗？难道不和基督徒一样夏天怕热，冬天怕冷吗？如果你刺伤了我们，我们不会出血吗？如果你给我们抓痒，我们不会呵呵地笑吗？如果你给我们吃毒药，难道我们不会死吗？如果你欺压我们，我们能不报复吗？

这些话完全可以出现在今天的剧情中，可见莎氏没有过时。

从剧情看来，莎士比亚虽然逝世已四百年，但是莎剧依然富有现实意义。而剧中人物呢？我们看看第一个求婚人摩洛哥王子在第二幕第一场对女主角玻西娅的自白吧。朱生豪的译文是：

> 不要因为我的肤色而憎厌我；我是骄阳的近邻。我这一身黝黑的制服，便是它的威焰的赐予。给我在终年不见阳光、冰山雪柱的北极找一个最白皙姣好的人来，让我们刺血查验对你的爱情，看看究竟是他的血红还是我的血红。我告诉你，小姐，我这副容貌曾经吓破了勇士的肝胆；凭着我的爱情起誓，我们国土里最有声誉的少女也曾为它害过相思，我不愿变更我的肤色，除非为了取得您的欢心，我的温柔的女王！

第一句"憎厌"的原文是"dislike"（不喜欢），译成"憎厌"未免太重，不像王子口气，和下文显然不像出自同一人之口，不如改为"以貌取人"更恰当些，但可能又轻了一点。"骄阳"的原文是"burnished sun"（金光闪闪的太阳），"黝黑的制服"原文是"shadowed livery"（阴影笼罩下的仆人服装），用词都很具体而形象化，是马克思赞美的莎士比亚化的文字。朱译"威焰的赐予"显得一般，我觉得这时宁可"过之"，不可"不及"，可以考虑译成"留下的暗影染黑了我的外形，却燃红了我的内心"，这样用"染""燃"两个同音字，"红""黑"两个对比词，也许多少可以看出一点莎士比亚味吧。"白皙姣好"可能使人误以为是女性，其实这里是指男子，不如说是"冰天雪地的北国英雄"，以免误解。"刺血"是什么意思？现在的术语就是"验血"。"吓破了勇士的肝胆"和少女"害过相思"都说得太重。最后为了取得欢心而变肤色，却又嫌太轻了。

我把这段整个改译如下：

希望大家不要以貌取人，威风凛凛的太阳是我的至亲，又是我的近邻。他留下的暗影染黑了我的外形，却燃红了我的内心。你可以找来一个冰天雪地的北国英雄，太阳神的烈焰不能使他冰消雪融，但他的内心绝发射不出我火一般的热情,来赢得你的真心。我告诉你,美人,我的威风吓退过无所畏惧的英雄好汉。我敢向你保证:我国土上最出色的少女也曾为我倾心颠倒,我的确舍不得这一身黑黝黝的肤色,但是,为了赢得胜过江山的美人,哪有什么不可以舍弃的呢?

最后几句朱译"吓破了肝胆"原文只是"feared the valiant",不如浅化为"吓退"。"相思"也说得太重,不如"倾心"。最后"取得欢心"又嫌太轻,莎士比亚的《安东尼和克柳葩》是写罗马大将热恋埃及女王,不爱江山爱美人的,这里译成"赢得胜过江山的美人"也可以算是莎士比亚化吧?总之,轻重问题,要看是否"从心所欲"而"不逾矩"。

上面举的译例都是散文,朱生豪的韵译也不错。如第三幕男女主角第一次接吻那一场,巴萨奥读到的歌词:

告诉我爱情生长在何方?
还是在脑海?还是在心房?

怎样发生？它怎样成长？
回答我，回答我。
爱情的火在眼睛里点亮，
凝视是爱情深厚的滋养；
它的摇篮便是它的坟堂。
叮当！叮当！

译文如果要更加口语化，可以翻译如下：

告诉我爱情如何成长，
从头脑中还是从心上？
怎样生长又怎样喂养？
讲呀讲，讲呀讲！
爱情从眼睛里生长，
它长得越快，你看得越长。
但它也会在摇篮中夭亡，
让我们为爱情歌唱：
叮叮当，叮叮当！

巴萨奥第一次吻玻西娅时，原文和两种译文都是韵文：

> 你选择不凭着外表，
> 果然给你直中鹄心！
> 胜利既已入你怀抱，
> 你莫再往别处追寻。
> 这结果倘使你满意，
> 就请接受你的幸运。
> 赶快回转你的身体，
> 给你的爱深深一吻。（朱译）

> 你选择不重外貌，
> 所以选到了珍宝。
> 你是命运的朋友，
> 不可以喜新厌旧。
> 如果你感到满意，
> 不要把幸福抛弃。
> 你应该转向情人，
> 吐出内心的一吻！（许译）

朱译"直中鹄心"太文,"吐出内心的一吻"可能正合场景。

马克思说:"莎士比亚是人类最伟大的戏剧天才。"大仲马说:"创造得最多的是莎士比亚,他仅仅次于上帝。"周黎明说:"初看莎剧,你会觉得很夸张,人物的行为举止、说话方式都远离当下,像歌剧一样放大了多少倍。莎士比亚既用了放大镜,又用了显微镜。"(《文摘报》2014年10月18日)罗新璋说:朱生豪是"莎译中的杰出者"。

上面谈到莎剧剧情、人物、场景时引用了朱译,现在再来看看莎剧的语言艺术,尤其是关于性方面的描写,朱译是如何处理的。

《威尼斯商人》第五幕第一场中,葛夏诺当着女主角玻西娅的面用的geld("阉割")一词,朱译却是"割掉了鸡巴",未免太粗俗了。但葛夏诺和未婚妻妮莉莎谈话时,用了一个pen(笔),英国皇家莎士比亚剧团版本的注解是penis,词典上的中译是"阴茎",朱译却只是一个"笔"字,却又未免词不达意了。现将朱译葛夏诺和妮莉莎的对话抄录于下:

> 妮莉莎：我也要跟他的书记睡在一床。所以你还是留心不要走开我的身旁。
>
> 葛夏诺：好，随你的便，只要不让我碰到他，要是他给我捉住了，我就折断这个少年书记的那支笔。

葛夏诺前面一句的geld译得"太过"，后面一句又未免"不及"。本书中把妮莉莎和葛夏诺的对话翻译如下：

> 妮莉莎：我也要和他的书记同床。让你得到教训，不要丢下我一个人，让我人身没有保护。
>
> 葛夏诺：那好，随你便，要是我抓到了那个书记，我要扼断他手中的笔和肚子下面的笔。

比较一下两种译文，妮莉莎第一句原文是省文句："And I his clerk"（我和他的书记一样），译文"同床"比"睡在一床"更加简练，更合原意；"留心"

145

不如"教训"严重;"走开我的身旁"没有译出"保护"的意思,这就是因小失大了。葛夏诺的话两种译文"随便"都好;"碰到"是写客观事实,不如"抓到"说明主观意图;"折断"和"扼断"也是一样;最重要的是"笔"字双关,朱译如用译"阉割"的方法来译,反倒比只译"笔"字好。周黎明说得对,莎士比亚有时用放大镜,有时用显微镜。译者也要双管齐下,有时要见大不见小,有时却要小中见大。这里"笔"字前面加上"肚子下面"就是一例。朱译是莎译中的杰出者,但是还可精益求精,那就可以使莎士比亚得到更广泛的欣赏了。